Melhores Contos

ANTÓNIO DE ALCÂNTARA MACHADO

Direção de Edla van Steen

Melhores Contos

ANTÓNIO DE ALCÂNTARA MACHADO

Seleção de
Marcos Antonio de Moraes

São Paulo
2017

© **Global Editora 2017**
1ª Edição, Global Editora, São Paulo 2017

Jefferson L. Alves – diretor editorial
Gustavo Henrique Tuna – editor assistente
Flávio Samuel – gerente de produção
Flavia Baggio – coordenadora editorial
Jefferson Campos – assistente de produção
Fernanda Bincoletto – assistente editorial
Danielle Costa e Elisa Andrade Buzzo – revisão
Eduardo Okuno – capa e projeto gráfico
Bar Rex. Rua 13 de Maio x Rua Manoel Dutra. Bela Vista/ Bexiga. São Paulo, c. 1930/Acervo Iconographia – foto de capa

Obra atualizada conforme o
NOVO ACORDO ORTOGRÁFICO DA LÍNGUA PORTUGUESA.

CIP-BRASIL. CATALOGAÇÃO NA FONTE
SINDICATO NACIONAL DOS EDITORES DE LIVROS, RJ

M129m
  Machado, António de Alcântara
    Melhores contos: António de Alcântara Machado/António de Alcântara Machado; organização Marcos Antonio de Moraes; [direção Edla van Steen]. – 1. ed. – São Paulo: Global, 2017.

  ISBN 978-85-260-2282-9

  1. Conto brasileiro. I. Moraes, Marcos Antonio de. II. Steen, Edla van. III. Título.

16-33414
CDD: 869.3
CDU: 821.134.3(81)-3

Direitos Reservados

global editora e distribuidora ltda.
Rua Pirapitingui, 111 – Liberdade
CEP 01508-020 – São Paulo – SP
Tel.: (11) 3277-7999 – Fax: (11) 3277-8141
e-mail: global@globaleditora.com.br
www.globaleditora.com.br

Colabore com a produção científica e cultural.
Proibida a reprodução total ou parcial desta obra sem a autorização do editor.

Nº de Catálogo: **3611.POC**

Marcos Antonio de Moraes é professor de literatura brasileira no Instituto de Estudos Brasileiros da Universidade de São Paulo (IEB-USP) e no Programa de Pós-Graduação em Literatura Brasileira da Faculdade de Filosofia, Letras e Ciências Humanas (USP). Membro da Equipe Mário de Andrade no Instituto de Estudos Brasileiros (IEB-USP). Desenvolve pesquisas interdisciplinares, focalizando as relações entre literatura brasileira e memorialismo (correspondência de escritores). Publicou, entre outros livros, as edições anotadas de *Mário e o pirotécnico aprendiz: cartas de Mário de Andrade e Murilo Rubião* (Ed. UFMG/IEB-USP/Ed. Giordano, 1995), *Correspondência Mário de Andrade & Manuel Bandeira* (Edusp/IEB, 2000, Prêmio Jabuti), *Três Marias de Cecília* [Cartas de Cecília Meireles às filhas] (Moderna, 2006), *Câmara Cascudo e Mário de Andrade: cartas, 1924-1944* (Global, 2010, Prêmio Jabuti). Em 2007, publicou o ensaio *"Orgulho de jamais aconselhar" – a epistolografia de Mário de Andrade* (Edusp/Fapesp). Tem divulgado artigos em periódicos nacionais e estrangeiros e participado de congressos no Brasil e no exterior, apresentando trabalhos e proferindo palestras sobre literatura do movimento modernista, memorialismo e epistolografia no Brasil. Bolsista de Produtividade em Pesquisa, CNPq.

SUMÁRIO

Gaetaninho, Ulisses, todos nós – Marcos Antonio de Moraes 9

Contos

Gaetaninho 22

Carmela 24

Tiro de guerra nº 35 29

Amor e sangue 33

A sociedade 36

Lisetta 40

Corinthians (2) vs. Palestra (1) 42

Notas biográficas do novo deputado 46

O monstro de rodas 51

Armazém Progresso de São Paulo 53

Nacionalidade 57

O revoltado Robespierre 61

O patriota Washington 64

O filósofo Platão 69

A apaixonada Elena.. 73

O inteligente Cícero 77

A insigne Cornélia 82

O mártir Jesus 89

O lírico Lamartine 94

O ingênuo Dagoberto.. 96

O aventureiro Ulisses 101

A piedosa Teresa 105

O tímido José..109

Miss Corisco 113

Apólogo brasileiro sem véu de alegoria 118

Guerra civil..122

As cinco panelas de ouro..135

Cronologia 161

Bibliografia 165

GAETANINHO, ULISSES, TODOS NÓS

Inaugurando a coluna "Cavaquinho", no *Jornal do Comércio*, de São Paulo, em 30 de outubro de 1926, António de Alcântara Machado passeia pela obra do escritor estadunidense Sherwood Anderson. Para o cronista, o autor de *Marching men* (1917) e *Poor white* (1920), nascido em Ohio, em 1876, figura como "o intérprete [...] do profundo eu de sua gente", logrando exprimir em seus textos ficcionais surpreendente "verdade humana". Essa literatura impregnada de vivência coletiva constrói-se livre "de qualquer artifício por menor que seja", como "uma notícia de jornal", que se lê "facilmente", "rapidamente". O compromisso com o "realismo", contudo, não estrangula a potencialidade subjetiva de narrativas que transpiravam "lição de humanidade". A força desses escritos residia na recusa da análise "à maneira europeia" (as filigranas psíquicas); o autor não "descreve" os "estados de espírito ou os episódios corriqueiros da vida de suas personagens", "isto é: não os reproduz literariamente, nem interpreta, nem colore, nem prepara para melhor percepção do leitor. Aponta-os tão simplesmente. Não se preocupa em torná-los compreensíveis. Mesmo porque o mais das vezes isso seria impossível. A enorme subjetividade deles não o permitiria. Ou então a sua extraordinária delicadeza, o seu intenso caráter íntimo, a grande porção de mistério que contêm".[1]

Ao apreender, na crônica, as linhas mestras de um ideário estético que ambicionava a superação da experiência local, sem escamoteá-la, assim como a fixação da vivência interna das personagens, a expressão artística desprovida de "disfarces" e o forte vínculo de comunicação com o leitor, Alcântara Machado parece explicitar, de modo enviesado, o próprio caminho literário que começava a percorrer. Se, em fevereiro de 1926, tirava do prelo *Pathé-Baby*, crônicas de viagem estampadas na imprensa no ano anterior, algumas das personagens que iriam povoar as páginas de *Brás, Bexiga e Barra*

---

[1] MACHADO, António de Alcântara. Sherwood Anderson. 30 out. 1926. In: _____. *Obras – volume I: Prosa preparatória & Cavaquinho e saxofone*. Direção e colaboração de Francisco de Assis Barbosa; texto e organização de Cecília de Lara. Rio de Janeiro: Civilização Brasileira/Instituto Nacional do Livro/Fundação Nacional Pró-Memória, 1983. p. 187-192.

Funda (1927) e de *Laranja da China* (1928) ganhavam feição. Em janeiro de 1925 dera ao público, no *Jornal do Comércio*, uma primeira versão de "Gaetaninho", e, em março, "Carmela" e "Lisetta", figuras "para um possível livro de contos: ÍTALO-PAULISTAS". Em janeiro de 1926, o periódico modernista *Terra Roxa e Outras Terras*, por ocasião de seu surgimento, divulgava "A dança de São Gonçalo" (base de "A piedosa Teresa"); em julho, no sexto número, "O revoltado Robespierre", contos depois destinados a *Laranja da China*.[2]

Alcântara Machado dialoga com a obra de Sherwood Anderson ao construir *Laranja da China* nos moldes de *Winesburg, Ohio* (1919). Na obra do norte-americano, amplo espectro de personagens transita num espaço urbano de província, individualizados, pois o autor exibe o nome deles, no índice, junto ao título de cada um dos 22 contos: "*Hands – concerning Wing Biddlebaum*", "*The philosopher – concerning Doctor Parcival*", "*The teacher – concerning Kate Swift*", "*Mother – concerning Elizabeth Willard*" etc. Na configuração do livro do contista brasileiro, o leitor se depara com "O filósofo Platão (Senhor Platão Soares)", "O patriota Washington (Doutor Washington Coelho Penteado)", "O mártir Jesus (Senhor Crispiniano B. de Jesus)" e mais outros nove tipos singulares. Se o livro de Sherwood explora conexões entre as personagens (para além do sentido mais fundo de inelutável solidão existencial que vigora na obra), em *Laranja da China*, os protagonistas dos contos, sem vínculos uns com os outros, gozam de autonomia, embora se possa supor que, agindo sobre eles (mesmo sobre a "piedosa Teresa", situada nos confins da cidade), exista uma força centrípeta, ou seja, a partilha da experiência urbana cosmopolita.

Associando a narrativa de Sherwood Anderson ao discurso jornalístico, para valorizá-la em sua objetividade prenhe de sugestões, Alcântara Machado explicita os vetores que deveriam orientar a elaboração das narrativas de *Brás, Bexiga e Barra Funda*. Concluído o livro, o prefácio – significativamente um "Artigo de fundo" – retoma o assunto. Avisa que o "livro não nasceu livro:

---

2 Cf. LARA, Cecília de. Introdução: critérios de montagem do volume. In: MACHADO, António de Alcântara. *Novelas paulistanas: Brás, Bexiga e Barra Funda; Laranja da China; Mana Maria;* Contos avulsos; Inéditos em livro. Organização de Francisco de Assis Barbosa; textos novos acrescentados, introdução, apresentação e complementação da cronologia de Cecília de Lara. Belo Horizonte: Itatiaia/São Paulo: Edusp, 1988. p. 53-72.

nasceu jornal", e que os "contos não nasceram contos: nasceram notícias". Engajado em testemunhar as grandes transformações na cidade de São Paulo, lançando luz sobre "aspectos da vida trabalhadeira, íntima e quotidiana desses novos mestiços nacionais e nacionalistas" (os ítalo-paulistas), o autor frisa o teor documental da obra, passando, contudo, ao largo da erudição. "É um jornal. Mais nada. Noticia. Só. Não tem partido nem ideal. Não comenta. Não discute. Não aprofunda." E "em suas colunas não se encontra uma única linha de doutrina. Tudo são fatos diversos. Acontecimentos de crônica urbana. Episódios de rua".[3]

O traço de união entre prosa ficcional e escrita jornalística coloca em relevo o empenho da geração modernista em conquistar uma expressão linguística atual, desataviada, renegando a falação balofa como sinônimo de sabença ou de alta literatura. O jornalismo privilegiado por Alcântara Machado, evidentemente, não é o da erudição bacharelesca de longa tradição no Brasil, mas o que espelha a vida e é forma de conhecimento da multifária realidade do país, nas trilhas do pensamento de Oswald de Andrade no "Manifesto Pau-Brasil", de 1924: "No jornal anda todo o presente". Advogando em favor da expressão jornalística, sintética e contemporânea, como base do literário, o ficcionista põe em xeque os descaminhos da literatura na virada do século XIX para o XX, tributária de ideais acadêmicos. Em fevereiro de 1927, em sua coluna no *Jornal do Comércio*, desnuda uma herança nefasta no campo das letras: "Olhem a mania nacional de classificar palavreado de literatura. Tem adjetivos sonoros? É literatura. Os períodos rolam bonito? Literatura. O final é pomposo? Literatura, nem se discute. [...] E toda a gente pensa que fazer literatura é falar ou escrever bonito. Bonito entre nós às vezes quer dizer difícil. Às vezes tolo. Quase sempre eloquente".[4] Em tom ainda mais enfático, em dezembro de 1931, dirigindo-se ao crítico e amigo Alceu Amoroso Lima, postula a "objetividade mais objetividade mais objetividade", colocando-se em pé de guerra contra a "literatice

---
3 MACHADO, António de Alcântara. *Brás, Bexiga e Barra Funda*: notícias de São Paulo [1927]. Reprodução fac-similar. Comentários e notas de Cecília de Lara. São Paulo: Imprensa Oficial do Estado de São Paulo/Arquivo do Estado, 1994. p. 15-19.
4 Idem. Fevereiro, 5 – Solo genioso sobre um solo genial. *Obras – volume I: Prosa preparatória & Cavaquinho e saxofone*. Ed. cit. p. 246.

burguesa", porque a literatura tem de ser "vivida: sangue e alegria".[5] Tudo somado, tinha em mente a "invenção de uma prosa nova".[6]

O jornal é campo de provas do escritor, lugar de experimentalismo linguístico ou ainda manancial onde ele pode colher o seu assunto, como é o caso do "Apólogo brasileiro sem véu de alegoria", cujo evento inspirador, segundo informa o ficcionista, em nota de rodapé no conto, se encontra em periódicos "de 7 e 8 de maio de 1929". Muitas das narrativas curtas de Alcântara Machado, antes de chegarem ao livro, passaram pelas folhas de revistas e jornais, modernistas ou não. "O inteligente Cícero", "O mártir Jesus" e "O ingênuo Dagoberto", de *Laranja da China*, por exemplo, ocuparam a coluna "Cavaquinho". Outras narrativas, nesse mesmo espaço, poderiam, eventualmente, alçar voos mais perenes, pois a crônica conserva, em muitos passos, a dicção literária, nascida do gosto da efabulação.

No terreno da experimentação literária, a ficção em periódico, marcada pela instabilidade em seu processo criativo, visto que em eventual trânsito para outros suportes, abre-se para receber a opinião alheia. Alcântara Machado leva em conta a interlocução crítica com seus pares modernistas. Em face da publicação de "As cinco panelas de ouro", no primeiro número da *Revista Nova* (periódico, aliás, do qual o autor era um dos diretores), de São Paulo, Alcântara sai em defesa de seu modo de fixar as pausas no texto, almejando produzir camadas de significação no próprio fluxo de leitura. Escreve, nesse sentido, em 23 de junho de 1931, a Mário de Andrade, referindo-se também ao camarada comum, o escritor Marques Rebelo: "Quanto ao conto, também de inteiro acordo. Nos elogios e nas censuras. Curioso que [...] Rebelo, [...] torcendo-se todo e me desejando preliminarmente saúde, disse a mesma coisa: a falta de vírgulas. A eterna censura: falta de vírgulas. Não compreendem que eu escrevo para ser lido depressa. Não quero que o leitor tropece em vírgulas."[7]

---

5 BARBOSA, Francisco de Assis. *Intelectuais na encruzilhada*: correspondência de Alceu Amoroso Lima e António de Alcântara Machado (1927-1933). Rio de Janeiro: Academia Brasileira de Letras, 2002. p. 124.
6 MACHADO, António de Alcântara. Entrevista a Peregrino Jr. *O Jornal*, Rio de Janeiro, 3 jul. 1927. *Obras – volume 1: Prosa preparatória & Cavaquinho e saxofone*. Ed. cit. p. 282.
7 Carta a Mário de Andrade, 23 jun. 1931. Subsérie Correspondência Passiva. Arquivo Mário de Andrade/Instituto de Estudos Brasileiros/Universidade de São Paulo.

Os títulos de jornais e de revistas da época – *Fanfulla* (arauto da colônia italiana de São Paulo), *O Estado de S. Paulo*, *São Paulo-Jornal*, *A Gazeta*, *Diário Popular*, *A Folha*, *A Cigarra*, *O Malho*, *Revista da Semana* e outros – espraiam-se pelos contos de Alcântara Machado, figurando neles como indícios fortes da contemporaneidade que perfaz a atmosfera ficcional. O discurso jornalístico participa de alguns dos entrechos, ganhando destaque quando o autor se vale do recurso da colagem, na transposição da notícia para o tecido narrativo. O trecho de notícia inserido em novo ambiente discursivo, ao mesmo tempo que coloca o projeto ficcional de Alcântara Machado em sintonia com o experimentalismo da vanguarda, potencializa, no enredo, o sentido da verossimilhança, fortalece a veia humorística e a percepção irônica do narrador, aprofunda a crítica ao ranço retórico de certo tipo de jornalismo caduco etc. Igualmente de grande impacto visual no andamento da leitura dos contos é a presença de anúncios, de uma "Ordem do dia" e de convite de casamento, artifícios narrativos que funcionam como talhadas da realidade. Manchetes jornalísticas surgem em "O ingênuo Dagoberto", lidas por um casal alheio à história (figuração possível do próprio leitor), dando ensejo para ridicularizar a "bobice humana". Em "Tiro de Guerra nº 35", o leitor depara-se com o bilhete apaixonado dirigido ao jovem cobrador de ônibus Aristodemo Guggiani, na seção "Colaboração das Leitoras" de *A Cigarra*; em "O lírico Lamartine", o protagonista, respeitável desembargador, encontra em *O Colibri* o tão esperado comentário de um poema erótico de sua autoria, remetido sob pseudônimo; o nascimento e os primeiros anos de existência do "Inteligente Cícero", filho do Major Manuel José de Sá Ramos, merecem registro no discurso encomiástico e estereotipado do *Diário Popular*; Ulisses Serapião Rodrigues, o desventurado "aventureiro", em sua deambulação rumo ao desterro de si mesmo, topa, em *O Estado de S. Paulo*, com a notícia de seu desaparecimento de uma fazenda no interior paulista.

O jovem Ulisses, "pulando de coluna em coluna" do jornal, estaca, por um momento, nos olhos bonitos da atriz hollywoodiana do cinema mudo, Pola Negri, a mulher fatal, pronta para prender os homens em suas teias. O personagem recusa vínculos, quaisquer que sejam eles, terminando por rasgar com violência o clichê da *vamp* na página do diário. O cinema, assim como o jornal, empresta aos contos de Alcântara Machado técnicas de composição narrativa vigorosas na produção de significados, trazendo para a literatura novos modos de apreender a experiência do homem do século XX. Com a mesma ambição "cinematográfica", Mário de Andrade, em *Amar, verbo intransitivo*, redigido entre 1923 e 1927, no lugar de capítulos preferiu a sequência de "cenas", de *flashes*, mimetizando a fragmentação da vida moderna.[8] Formulação recorrente em *Brás, Bexiga e Barra Funda* e em *Laranja da China*, os contos são compostos de pequenas "cenas", separadas por espaços em branco. Articuladas com precisão, as tomadas de imagem se ajuntam para figurar o todo, formação sintética que franqueia a colaboração imaginativa do leitor. O corte preciso, a justaposição sincopada ou imprevista de situações produzem um andamento algo acelerado na fabulação, movimento replicado nos diálogos, constituídos de modo natural e de acordo com a psicologia das personagens.

Alcântara Machado, assim como Sherwood Anderson, desejou ser o "intérprete" de sua gente. Em *Brás, Bexiga e Barra Funda*, trouxe para a ficção brasileira o imigrante italiano e seus descendentes, radicados na cidade de São Paulo que se transformava em metrópole, a qual os empurrava para baixo ou para cima na escala social. Eram os "novos mamalucos" entrando na complexa engrenagem urbana quase sempre pela porta dos bairros populares, cujos nomes irrompem no título do livro. Ao relatar "notícias de São Paulo", conforme registra o subtítulo da obra, o cronista, repelindo a sátira (caráter moralizante), mas não o humor (o gosto de surpreender o disparate no cotidiano), dirige o olhar para as tensões sociais: as ásperas vicissitudes da gente proletária, as artimanhas de que ela podia lançar mão para atingir a ascensão econômica, o confronto entre imigrantes de diferentes proveniências, a reconfiguração da identidade em pátria nova e mais.

O escritor, filho da aristocracia quatrocentona, deseja compreender as mudanças de seu tempo, tendo na mira, em seu primeiro livro, sempre os "ítalo-paulistas" que modificavam a paisagem urbana, os costumes e a língua. Percorre ruas do centro e do arrabalde, lê placas do comércio, registra profissões dos estrangeiros remediados e daqueles arremessados para a margem. Narrador que não se pretende historiador erudito, observa de perto o amál-

---

8 Cf. LOPEZ, Telê Ancona. Um idílio no modernismo brasileiro. In: ANDRADE, Mário de. *Amar, verbo intransitivo*: idílio. Rio de Janeiro: Agir, 2008. p. 161-2.

gama étnico e cultural em processo, abarcando conflitos e negociações, pois "o italiano se abrasileira italianizando por sua vez em muita coisa o brasileiro que entra em contato com ele".[9]

O "italiano" reaparece em Laranja da China apenas de passagem: o que fala alto no bonde, o farmacêutico de cuja honestidade a mãe de família desconfia, o jornaleiro ambulante, aquele que desencaminha a moça caipira. O interesse de Alcântara Machado recai, nessa nova empreitada editorial, no povo arraigado na terra paulistana, tipos notáveis, seja pela excentricidade, seja pela natureza arquetípica. Explicitando as suas "intenções", o autor, em duas páginas de crítica literária da iconoclasta Revista de Antropofagia, sinaliza que o livro "tem um jeito de catálogo brasileiro. É uma imitaçãozinha de tipologia nacional". Isso não queria dizer que os tipos congregados no volume fossem "produtos privilegiadamente indígenas. Lá fora também nascem. Mas acontece com eles o que acontece com o café: têm sabor quando são daqui".[10]

O título do livro põe em realce a paródia popular, pois a expressão "laranja da China", repetida rapidamente três vezes, intenta o arremedo onomatopaico dos acordes iniciais do Hino Nacional. O sentido da paródia (imitação satírica) também está presente nos títulos da maioria dos contos, na vinculação de nomes de figuras (in)comuns aos de personalidades e personagens (Robespierre, Washington, Platão, Ulisses e outros), sublinhando, com isso, algum traço peculiar que os vincula. Assim, sobre a sonoridade imponente do canto da nacionalidade ou sobre o álbum de nomes veneráveis delineia-se uma galeria prosaica bem heterogênea da gente de São Paulo. Ao privilegiar a diversidade de tipos, o escritor recusa a ideia de um caráter coletivo predominante, do mesmo modo que Mário de Andrade, em Macunaíma, rapsódia publicada em 1928, renuncia à fixação do ethos brasileiro, para ele ainda em formação.

Em 1936, Mário esboçou um balanço crítico da produção literária de Alcântara Machado, morto em abril de 1935, aos 34 anos. Em "Túmulo na neblina" avalia que os "heróis" dos contos de Brás, Bexiga e Barra Funda acusavam uma "curiosa fraqueza de concepção", porque o "moço escritor

---

[9] MACHADO, António de Alcântara. Lira Paulistana. In: _____. Obras – volume 1: Prosa preparatória & Cavaquinho e saxofone. Ed. cit. p. 295.
[10] Idem. 3 poetas e 2 prosadores. Revista de Antropofagia, São Paulo, ano 1, n. 3, jul. 1928. p. 4 (Edição Fac-similar, Metal Leve/Abril, 1975).

ainda estava muito enamorado da ação"; em outras palavras, a ação se sobrepunha aos protagonistas. Em relação a *Laranja da China*, percebia grande depuração criadora, ao julgar que o autor "numa reviravolta surpreendente" passara a elaborar contos "desprovidos parcimoniosamente de anedota". Se o caso narrado passava ao segundo plano, os personagens principais, inversamente, tornavam-se "imensamente mais ricos de profundeza psicológica, de nitidez de seres". O contista adquiria, nesse patamar, "a sua melhor significação de artista". Para o crítico, o amigo, ao atingir esse "conceito psicológico do herói", passou a se desinteressar do conto que seria, a partir de então, "quando muito um divertimento, um desfatigar-se para o romancista nato". O desafio do contista maduro seria levar a cabo *Mana Maria* e *Capitão Bernini*, obras que, por fim, restaram inacabadas.[11]

Mário de Andrade colocava na sombra contos como "Miss Corisco", "Apólogo brasileiro sem véu de alegoria" e "Guerra civil", de 1929, assim como "As cinco panelas de ouro" e o voo surrealista em "O mistério da rua General de Paiva", de 1931, divulgados pelo autor em periódicos. Contudo, essas narrativas revelam uma ampliação no horizonte de apreensão crítica da "mixórdia brasileira".[12] Cidades em rincões do país ou imaginárias são palco de miséria social (bairrismos, ignorância, interesses políticos escusos etc.). Em "Guerra civil", visto por Alcântara Machado como "artigo" feito "de improviso", o ficcionista *doublé* de historiador descortina a face burlesca da movimentação tenentista: "Saiu fraquinho. A você acrescento que a história é autêntica. Passou-se em 1924 nas margens do Paraná na altura da cidade paulista chamada Itapura. Troquei os nomes para o Chateaubriand [diretor do jornal] não se assustar".[13] Efetivamente, os casos contados se impõem, porém as personagens não perdem a sua força, pois a técnica que dava vida a eles, seguramente, já estava consolidada.

---

11 ANDRADE, Mário de. O túmulo na neblina. *D. O. Leitura*, ano 19, n. 5. São Paulo: Imprensa Oficial do Estado de São Paulo, maio 2001. p. 14.
12 BARBOSA, Francisco de Assis. *Intelectuais na encruzilhada*: correspondência de Alceu Amoroso Lima e António de Alcântara Machado (1927-1933). Ed. cit. p. 102.
13 Carta a Prudente de Moraes, neto, em 1º jun. [1929]. In: LARA, Cecília de (organização, introdução e notas). *Pressão afetiva & aquecimento intelectual*: cartas de Antônio de Alcântara Machado a Prudente de Moraes, neto (1925-1932). São Paulo: Educ/Giordano/Lemos, 1997. p. 136.

O crítico Tristão de Athayde, assinando, em 1927, a resenha de *Brás, Bexiga e Barra Funda*, "não hesita" em afirmar que "a morte do Gaetaninho é uma pequena obra-prima".[14] No conto, o menino filho de italianos, que, correndo atrás da bola de meia, "amassou o bonde", recebe do narrador poucos contornos definidores: o rosto sardento, a agilidade do corpo e a força do sonho. Com esses traços sumários, entretanto, o autor logrou garantir à personagem grande densidade humana, confirmada no interesse que o conto vem despertando ao longo do tempo. Se o componente social da narrativa se impõe, reconfigurando-se, inclusive, no conteúdo onírico, no qual a presença do chicote demanda interpretação,[15] a verticalidade analítica de Alcântara Machado desvela aspectos pujantes da psicologia do protagonista, criança, fruto da imigração e pobre. Se o autor observa, na superfície, a vivência dos "ítalo-paulistas", também toca fundo no sentido universal da falta, da frustração. Outro rebento de italianos no Brasil, a menina Lisetta, no conto que leva no título o seu nome, nem se deixa ver em seus aspectos físicos; sofre a privação quando lhe negam a oportunidade de acarinhar o ursinho felpudo da garota rica sentada a seu lado no bonde. Tendo mais tarde em mãos, como compensação, uma precária imitação do brinquedo ("pequerrucho e de lata"), não aceita partilhá-lo com o irmãozinho e se "fech[a] por dentro" no egoísmo humano, demasiadamente humano. O traço minimalista que modela as personagens do autor modernista deixa entrever complexos sentidos da existência.

Em 1927, Mário Guastini atribui a Alcântara Machado a qualidade de "analista invejável": "com duas penadas, traça o perfil físico, moral e intelectual dos seus tipos, que vivem, se movimentam e conversam com o leitor".[16] De fato, quando o imigrante novo-rico Salvatore Melli, em negociação com o latifundiário aristocrata, enuncia, com voz firme, "O capital *sono io*", toda uma visão de mundo se expressa de chofre, lançando luz crua sobre a trajetória de uma aculturação bem-sucedida, as tensões sociais vividas ou ainda facetas sombrias da espoliação no mundo capitalista.

---

14 ATHAYDE, Tristão de. (Alceu Amoroso Lima). Romancistas ao sul. In:_____. *Estudos*: 2ª Série. Rio de Janeiro: Terra de Sol, 1928. p. 35.
15 Cf. CHALMERS, Vera Maria. Virado à paulista. In: SCHWARZ, Roberto. *Os pobres na literatura brasileira*. São Paulo: Brasiliense, 1983.
16 MACHADO, António de Alcântara. As segundas (Stiunrio Gama). In: _____. *Brás, Bexiga e Barra Funda*: notícias de São Paulo [1927]. Reprodução fac-similar. Ed. cit. p. 90.

A formação ideológica aristocrática (patriarcal) do escritor revela-se nas linhas e entrelinhas das narrativas. No diálogo final de "A insigne Cornélia", conto que evidencia as atribulações familiares de Dona Cornélia Castro Freitas, o leitor estranha o comentário do narrador, "a gente abaixa os olhos". No uso do "a gente", flagra-se a cumplicidade entre narrador e protagonista; a chave que interpreta a inusitada frase surge na carta de Alcântara Machado ao amigo e pensador católico Alceu Amoroso Lima, em 26 de dezembro de 1931: "o elogio da mãe de há duas ou três gerações está perfeito. Eu mesmo já procurei num conto do *Laranja da China* ('A insigne Cornélia') exprimir toda a minha admiração por elas, por essa geração de matriarcas a que pertencem a minha mãe, as nossas mães, Alceu. Elevação feminina tanto mais admirável quanto é verdade que coincidiu com a decadência masculina. Compensou a decadência masculina. Reparou, na educação dos filhos, os males daquela. À tripeça da antiga vida doméstica brasileira (resumida por Capistrano) – pai autoritário, mulher submissa, filhos aterrados – se substituiu outra em que a mulher era a cabeça, o coração e o braço: pai bandoleiro (como você diz), mulher vigilante, filhos mandriões. A mulher é quem impunha respeito no lar: o 'anjo do lar', tinham muita razão em chamá-la os românticos. Escondia aos filhos as mazelas do pai e ao pai as mazelas dos filhos. Mulher que engolia em silêncio as afrontas, sabia perdoar e de vítima se transformava em consoladora dos erros do marido. Que mansidão e que resistência".[17] De um lado o olhar compassivo daquele que narra, de outro o inelutável enraizamento de classe do autor, repisando o modelo familiar tradicionalista. Nos contos, autoritarismo e violência também mostram a sua face sombria, retrato da época.

Ao prefaciar a edição dos dois livros de contos de Alcântara Machado em 1944, Sérgio Milliet situa em *Laranja da China* o ponto a partir do qual, na produção literária do companheiro, a "sua penetração psicológica se firma, seu pensamento filosófico assenta".[18] A proposição crítica coloca em pauta a perícia do autor em dar vida às personagens, incorporando em seu ideário artístico a dimensão existencial. Se em alguns contos o sentido anedótico (ou

---
17 BARBOSA, Francisco de Assis. *Intelectuais na encruzilhada*: correspondência de Alceu Amoroso Lima e António de Alcântara Machado (1927-1933). Ed. cit. p.126.
18 MILLIET, Sérgio. António de Alcântara Machado [prefácio]. In: MACHADO, António de Alcântara. *Brás, Bexiga e Barra-Funda e Laranja da China*. São Paulo: Martins, 1944. p. 5.

pitoresco) vinga e empobrece a face humana das personagens, em muitos outros o refinamento estético faculta que os tipos inventados continuem vivendo para além do tempo em que foram tomados como espelhos de determinada realidade citadina no Brasil dos anos de 1920.

O esforço de compreensão do outro resulta em personagens de notável substância existencial. Entre eles, Ulisses, captado em sua deriva mental, sem porto seguro no horizonte. Caminha descalço pela urbe operosa e indiferente, iludido da liberdade recém-conquistada, levando consigo apenas os "bentinhos" no peito e a cicatriz em forma de estrela, no queixo. Em seu norte, entretanto, vislumbra-se a dissociação psíquica, a marginalidade ou o "instituto disciplinar". Ulisses talvez seja o mesmo "louquinho" de rua que cruza o poema "Paisagem nº 1" de *Pauliceia desvairada* de Mário de Andrade: "Passa um São Bobo, cantando, sob os plátanos,/ um tralalá... A guarda-cívica! Prisão!/ Necessidade a prisão/ para que haja civilização?".[19]

Outro personagem, José Borba, o "tímido", percorre as ruas da capital paulista, na madrugada de nevoeiro e de garoa, em direção à distante Lapa, perseguindo uma mulher que lhe atravessara o caminho, sugerindo aventuras. Deseja, mas teme o encontro; angustia-se com a possibilidade e também com a impossibilidade do contato. Segue-a, desvia-se dela, não a perde de vista. "Esbarrar não. Mas precisava encontrar" a "sujeita". Diante de um rival imprevisto, sente uma "espécie de despeito, de ciúme, de orgulho ferido". O acaso decide a situação, arrastando a moça para o seu próprio extravio, mas não apaga o rastro do sequestro sexual intensamente vivenciado pelo rapaz. Como Sherwood Anderson, com seus personagens, também o narrador de Alcântara Machado "não se preocupa em torná-los compreensíveis", porque, enfim, a completa decifração da psique é uma quimera.

A "nitidez psicológica surpreendente" que, em 1926, António de Alcântara Machado detecta, em uma de suas crônicas, na arte da caricatura do paulistano Voltolino (Lemmo Lemmi), pode valer para o seu próprio trabalho literário. Se Voltolino foi visto pelo crítico como "cronista mais verídico da

---

19 ANDRADE, Mário de. "Paisagem nº 1". Pauliceia desvairada. *Poesias completas*, v.1. Edição de texto apurado, anotada e acrescida de documentos por Tatiana Longo Figueiredo e Telê Ancona Lopez. Rio de Janeiro: Nova Fronteira, 2013. p. 86.

cidade", "fotógrafo ambulante do ítalo-paulista",[20] o criador de Gaetaninho desejou ampliar o ângulo de visão de sua câmara para fixar, em seus contos, imigrantes, ítalo-paulistas, paulistas, brasileiros, todos nós.

ESTA EDIÇÃO

Esta edição reúne a integralidade dos contos de António de Alcântara Machado presentes em *Brás, Bexiga e Barra Funda* (1927) e *Laranja da China* (1928), bem como quatro narrativas avulsas estampadas pelo autor em periódicos, entre 1929 e 1931. O estabelecimento de texto tomou por base as edições príncipes dos livros, uma vez que o autor não teve oportunidade de vê-las em nova tiragem. No caso dos textos esparsos, recorri às publicações que primeiro as difundiram. Supri o empastelamento de texto no início de "Apólogo brasileiro sem véu de alegoria" com versão apresentada em *Mana Maria* (1936), obra póstuma do escritor paulistano, organizada por Sérgio Milliet. Na fixação textual, realizei a atualização ortográfica, respeitando a pontuação, os lapsos previstos no entrecho (representações do falar e da escrita estrangeira, caipira ou semialfabetizada) e os recursos gráficos de que se vale o escritor (uso de negrito, versalete, aumento de fonte) para produzir significados visuais no tecido narrativo; os nomes das personagens foram preservados em sua forma original. Cumpri a correção conjectural em caso de gralhas e erros gramaticais, desde que não estivessem em pauta valores estilísticos ou verossimilhança ficcional. ("Nasceu na [no] Brás", "uma[s] palmadinhas", "com voz pausa[da] e firme", "nada com[o] um bom negócio", "pregaram botões nas fardas das [dos] praças", "só é [a] cara amarrotada dos insones", "a [o] nariz", "novecentas [novecentos] cinquenta gramas", "subiu na cadeira e começara [começou] a arengar" etc.). No conto "Armazém Progresso de São Paulo", restituí a forma correta do pronome pessoal: " Ela[e] então não quis...". Acatei o barbarismo "Beneficiente", plausível em "Corinthians (2) vs. Palestra (1)", as formas lúdicas "senvergonha" e "senvergonhice". Considerando a presença nos escritos da flutuação de "cousa" e "coisa", sem que se constatasse valor estilístico ou lúdico, optei pela forma usual atualmente ("coisa").

---

20 MACHADO, António de Alcântara. Voltolino. 4 set. 1926. In: _____. *Obras – volume I: Prosa preparatória & Cavaquinho e saxofone*. Ed. cit. p. 157-161.

Na pesquisa sobre a obra do criador de "Gaetaninho", consultei, no Instituto de Estudos Brasileiros da Universidade de São Paulo, a *Coleção António de Alcântara Machado*, extensa e valiosa documentação depositada pela Profª. Drª. Cecília de Lara.

Tive o privilégio de dialogar, em todas as etapas deste trabalho, com Telê Ancona Lopez, minha mestra nos estudos do Modernismo.

Marcos Antonio de Moraes

CONTOS

GAETANINHO

— Chi, Gaetaninho, como é bom!

Gaetaninho ficou banzando bem no meio da rua. O Ford quase o derrubou e ele não viu o Ford. O carroceiro disse um palavrão e ele não ouviu o palavrão.

— Eh! Gaetaninho! Vem pra dentro.

Grito materno sim: até filho surdo escuta. Virou o rosto tão feio de sardento, viu a mãe e viu o chinelo.

— Subito!

Foi se chegando devagarinho, devagarinho. Fazendo beicinho. Estudando o terreno. Diante da mãe e do chinelo parou. Balançou o corpo. Recurso de campeão de futebol. Fingiu tomar a direita. Mas deu meia-volta instantânea e varou pela esquerda porta adentro.

Eta salame de mestre!

Ali na rua Oriente a ralé quando muito andava de bonde. De automóvel ou carro só mesmo em dia de enterro. De enterro ou de casamento. Por isso mesmo o sonho de Gaetaninho era de realização muito difícil. Um sonho.

O Beppino por exemplo. O Beppino naquela tarde atravessara de carro a cidade. Mas como? Atrás da tia Peronetta que se mudava para o Araçá. Assim também não era vantagem.

Mas se era o único meio? Paciência.

Gaetaninho enfiou a cabeça embaixo do travesseiro.

Que beleza, rapaz! Na frente quatro cavalos pretos empenachados levavam a tia Filomena para o cemitério. Depois o padre. Depois o Savério noivo dela de lenço nos olhos. Depois ele. Na boleia do carro. Ao lado do cocheiro. Com a roupa marinheira e o gorro branco onde se lia: **Encouraçado São Paulo**. Não. Ficava mais bonito de roupa marinheira mas com a palhetinha nova que o irmão lhe trouxera da fábrica. E ligas pretas segurando as meias. Que beleza, rapaz! Dentro do carro o pai, os dois irmãos mais velhos (um de gravata vermelha, outro de gravata verde) e o padrinho Seu Salomone. Muita gente nas calçadas, nas portas e nas janelas dos palacetes, vendo o enterro. Sobretudo admirando o Gaetaninho.

Mas Gaetaninho ainda não estava satisfeito. Queria ir carregando o chicote. O desgraçado do cocheiro não queria deixar. Nem por um instantinho só.

Gaetaninho ia berrar mas a tia Filomena com a mania de cantar o **Ahi, Mari!** todas as manhãs o acordou.

Primeiro ficou desapontado. Depois quase chorou de ódio.

Tia Filomena teve um ataque de nervos quando soube do sonho de Gaetaninho. Tão forte que ele sentiu remorsos. E para sossego da família alarmada com o agouro tratou logo de substituir a tia por outra pessoa numa nova versão de seu sonho. Matutou, matutou e escolheu o acendedor da Companhia de Gás, Seu Rubino, que uma vez lhe deu um cocre danado de doído.

Os irmãos (esses) quando souberam da história resolveram arriscar de sociedade quinhentão no elefante. Deu a vaca. E eles ficaram loucos de raiva por não haverem logo adivinhado que não podia deixar de dar a vaca mesmo.

O jogo na calçada parecia de vida ou morte. Muito embora Gaetaninho não estava ligando.

– Você conhecia o pai do Afonso, Beppino?
– Meu pai deu uma vez na cara dele.
– Então você não vai amanhã no enterro. Eu vou!

O Vicente protestou indignado:

– Assim não jogo mais! O Gaetaninho está atrapalhando!

Gaetaninho voltou para o seu posto de guardião. Tão cheio de responsabilidades.

O Nino veio correndo com a bolinha de meia. Chegou bem perto. Com o tronco arqueado, as pernas dobradas, os braços estendidos, as mãos abertas, Gaetaninho ficou pronto para a defesa.

— Passa pro Beppino!
Beppino deu dois passos e meteu o pé na bola. Com todo o muque. Ela cobriu o guardião sardento e foi parar no meio da rua.
— Vá dar tiro no inferno!
— Cala a boca, palestrino!
— Traga a bola!
Gaetaninho saiu correndo. Antes de alcançar a bola um bonde o pegou. Pegou e matou.
No bonde vinha o pai do Gaetaninho.

A gurizada assustada espalhou a notícia na noite.
— Sabe o Gaetaninho?
— Que é que tem?
— Amassou o bonde!
A vizinhança limpou com benzina suas roupas domingueiras.

Às dezesseis horas do dia seguinte saiu um enterro da rua do Oriente e Gaetaninho não ia na boleia de nenhum dos carros do acompanhamento. Ia no da frente dentro de um caixão fechado com flores pobres por cima. Vestia a roupa marinheira, tinha as ligas, mas não levava a palhetinha.

Quem na boleia de um dos carros do cortejo mirim exibia soberbo terno vermelho que feria a vista da gente era o Beppino.

(*Brás, Bexiga e Barra Funda*)

CARMELA

Dezoito horas e meia. Nem mais um minuto porque a madama respeita as horas de trabalho. Carmela sai da oficina. Bianca vem ao seu lado.

A rua Barão de Itapetininga é um depósito sarapintado de automóveis gritadores. As casas de modas (**AO CHIC PARISIENSE, SÃO PAULO-**

-PARIS, PARIS ELEGANTE) despejam nas calçadas as costureirinhas que riem, falam alto, balançam os quadris como gangorras.
– Espia se ele está na esquina.
– Não está.
– Então está na praça da República. Aqui tem muita gente mesmo.
– Que fiteiro!
O vestido de Carmela coladinho no corpo é de organdi verde. Braços nus, colo nu, joelhos de fora. Sapatinhos verdes. Bago de uva Marengo maduro para os lábios dos amadores.
– Ai que rico corpinho!
– Não se enxerga, seu cafajeste? Português sem educação!
Abre a bolsa e espreita o espelhinho quebrado que reflete a boca reluzente de carmim primeiro, depois o nariz chumbeva, depois os fiapos de sobrancelha, por último as bolas de metal branco na ponta das orelhas descobertas.
Bianca por ser estrábica e feia é a sentinela da companheira.
– Olha o automóvel do outro dia.
– O caixa-d'óculos?
– Com uma bruta luva vermelha.
O caixa-d'óculos para o Buick de propósito na esquina da praça.
– Pode passar.
– Muito obrigada.
Passa na pontinha dos pés. Cabeça baixa. Toda nervosa.
– Não vira para trás, Bianca. Escandalosa!

Diante de Álvares de Azevedo (ou Fagundes Varela) o Angelo Cuoco de sapatos vermelhos de ponta afilada, meias brancas, gravatinha deste tamanhinho, chapéu à Rodolfo Valentino, paletó de um botão só, espera há muito com os olhos escangalhados de inspecionar a rua Barão de Itapetininga.
– O Angelo!
– Dê o fora.
Bianca retarda o passo.
Carmela continua no mesmo. Como se não houvesse nada. E o Angelo junta-se a ela. Também como se não houvesse nada. Só que sorri.

— Já acabou o romance?
— A madama não deixa a gente ler na oficina.
— É? Sei. Amanhã tem baile na Sociedade.
— Que bruta novidade, Angelo! Tem todo domingo. Não segura no braço!
— Enjoada!
Na rua do Arouche o Buick de novo. Passa. Repassa. Torna a passar.
— Quem é aquele cara?
— Como é que eu hei de saber?
— Você dá confiança para qualquer um. Nunca vi, puxa! Não olha pra ele que eu armo já uma encrenca!

Bianca rói as unhas. Vinte metros atrás. Os freios do Buick guincham nas rodas e os pneumáticos deslizam rente à calçada. E estacam.
— Boa tarde, belezinha...
— Quem? Eu?
— Por que não? Você mesma...
Bianca rói as unhas com apetite.
— Diga uma coisa. Onde mora a sua companheira?
— Ao lado de minha casa.
— Onde é sua casa?
— Não é de sua conta.
O caixa-d'óculos não se zanga. Nem se atrapalha. É um traquejado.
— Responda direitinho. Não faça assim. Diga onde mora.
— Na Rua Lopes de Oliveira. Numa vila. Vila Margarida nº 4. Carmela mora com a família dela no 5.
— Ah! Chama-se Carmela... Lindo nome. Você é capaz de lhe dar um recado?
Bianca rói as unhas.
— Diga a ela que eu a espero amanhã de noite, às oito horas, na rua... não... atrás da igreja de Santa Cecília. Mas que ela vá sozinha, hein? Sem você. O barbeirinho também pode ficar em casa.
— Barbeirinho nada! Entregador da Casa Clark!
— É a mesma coisa. Não se esqueça do recado. Amanhã, às oito horas, atrás da igreja.

— Vá saindo que pode vir gente conhecida.
Também o grilo já havia apitado.

— Ele falou com você. Pensa que eu não vi? O Angelo também viu. Ficou danado.
— Que me importa? O caixa-d'óculos disse que espera você amanhã de noite, às oito horas, no Largo Santa Cecília. Atrás da igreja.
— Que é que ele pensa. Eu não sou dessas. Eu não!
— Que fita, Nossa Senhora! Ele gosta de você, sua boba.
— Ele disse?
— Gosta pra burro.
— Não vou na onda.
— Que fingida que você é!
— Ciao.
— Ciao.

Antes de se estender ao lado da irmãzinha na cama de ferro Carmela abre o romance à luz da lâmpada de 16 velas: **Joana a desgraçada ou A Odisseia de uma virgem**, fascículo 2º.

Percorre logo as gravuras. Umas teteias. A da capa então é linda mesmo. No fundo o imponente castelo. No primeiro plano a íngreme ladeira que conduz ao castelo. Descendo a ladeira numa disparada louca o fogoso ginete. Montado no ginete o apaixonado caçula do castelão inimigo de capacete prateado com plumas brancas. E atravessada no cachaço do ginete a formosa donzela desmaiada entregando ao vento os cabelos cor de carambola.

Quando Carmela reparando bem começa a verificar que o castelo não é mais um castelo mas uma igreja o tripeiro Giuseppe Santini berra no corredor:
— Spegni la luce! Subito! Mi vuole proprio rovinare questa principessa!
E — ráatá! — uma cusparada daquelas.

— Eu só vou até a esquina da alameda Glete. Já vou avisando.
— Trouxa. Que tem?

No largo Santa Cecília atrás da igreja o caixa-d'óculos sem tirar as mãos do volante insiste pela segunda vez:

— Uma voltinha de cinco minutos só... Ninguém nos verá. Você verá. Não seja má. Suba aqui.

Carmela olha primeiro a ponta do sapato esquerdo, depois a do direito, depois a do esquerdo de novo, depois a do direito outra vez, levantando e descendo a cinta. Bianca rói as unhas.

— Só com a Bianca...
— Não. Para quê? Venha você sozinha.
— Sem a Bianca não vou.
— Está bem. Não vale a pena brigar por isso. Você vem aqui na frente comigo. A Bianca senta atrás.
— Mas cinco minutos só. O senhor falou...
— Não precisa me chamar de senhor. Entrem depressa.

Depressa o Buick sobe a rua Veridiana.

Só para no Jardim América.

Bianca no domingo seguinte encontra Carmela raspando a penugenzinha que lhe une as sobrancelhas com a navalha denticulada do tripeiro Giuseppe Santini.

— Chi, quanta coisa pra ficar bonita!
— Ah! Bianca, eu quero dizer uma coisa pra você.
— Que é?
— Você hoje não vai com a gente no automóvel. Foi ele que disse.
— Pirata!
— Pirata por quê? Você está ficando boba, Bianca.
— É. Eu sei por quê. Piratão. E você, Carmela, sim senhora! Por isso é que o Angelo me disse que você está ficando mesmo uma vaca.
— Ele disse assim? Eu quebro a cara dele, hein? Não me conhece.
— Pode ser, não é? Mas namorado de máquina não dá certo mesmo.

Saem à rua suja de negras e cascas de amendoim. No degrau de cimento ao lado da mulher Giuseppe Santini torcendo a belezinha do queixo cospe e cachimba, cachimba e cospe.

— Vamos dar uma volta até a rua das Palmeiras, Bianca?
— Andiamo.

Depois que os seus olhos cheios de estrabismo e despeito veem a lanterninha traseira do Buick desaparecer Bianca resolve dar um giro pelo bairro. Imaginando coisas. Roendo as unhas. Nervosíssima.

Logo encontra a Ernestina. Conta tudo à Ernestina.
– E o Angelo, Bianca?
– O Angelo? O Angelo é outra coisa. É pra casar.
– Ahn!...

(*Brás, Bexiga e Barra Funda*)

TIRO DE GUERRA Nº 35

No Grupo Escolar da Barra Funda Aristodemo Guggiani aprendeu em três anos a roubar com perfeição no jogo de bolinhas (garantindo o tostão para o sorvete) e ficou sabendo na ponta da língua que o Brasil foi descoberto sem querer e é o país maior, mais belo e mais rico do mundo. O professor seu Serafim todos os dias ao encerrar as aulas limpava os ouvidos com o canivete (brinde do Chalé da Boa Sorte) e dizia olhando o relógio:

– Antes de nos separarmos, meus jovens discentes, meditemos uns instantes no porvir da nossa idolatrada pátria.

Depois regia o hino nacional. Em seguida o da bandeira. O pessoal entoava os dois engolindo metade das estrofes. Aristodemo era a melhor voz da classe. Berrando puxava o coro. A campainha tocava. E o pessoal desembestava pela rua Albuquerque Lins vaiando seu Serafim.

Saiu do Grupo e foi para a oficina mecânica do cunhado. Fumando **Bemtevi** e cantando a **Caraboo**. Mas sobretudo com muita malandrice. Entrou para o Juvenil Flor de Prata F. C. (fundado para matar o Juvenil Flor de Ouro F. C.). Reserva do primeiro quadro. Foi expulso por falta de pagamento. Esperou na esquina o tesoureiro. O tesoureiro não apareceu. Estreou as calças compridas no casamento da irmã mais moça (sem contar a Joaninha). Amou a Josefina. Apanhou do primo da Josefina. Jurou vingança. Ajudou a empastelar o **Fanfulla** que falou mal do Brasil. Teve ambições. Por exemplo: artista do Circo Queirolo. Quase morreu afogado no Tietê.

E fez vinte anos no dia chuvoso em que a Tina (namorada do Linguiça) casou com um chofer de praça na polícia.

Então brigou com o cunhado. E passou a ser cobrador da Companhia Auto-Viação Gabrielle d'Annunzio. De farda amarela e polainas vermelhas.

Sua linha: Praça do Patriarca-Lapa. Arranjou logo uma pequena. No fim da rua das Palmeiras. Ela vinha à janela ver o Aristodemo passar. O Evaristo era quem avisava por camaradagem tocando o clácson do ônibus verde. Aristodemo ficava olhando para trás até o largo das Perdizes.

E não queria mesmo outra vida.

Um dia porém na seção **Colaboração das leitoras** publicou **A Cigarra** as seguintes linhas de Mlle. Miosótis sob o título de **Indiscrições da rua das Palmeiras:**

Por que será que o jovem A. G. não é mais visto todos os dias entre vinte e vinte e uma horas da noite no portão da casa da linda senhorinha F. R. em doce colóquio de amor? A formosa Julieta anda inconsolável! Não seja assim tão mauzinho, seu A. G.! Olhe que a ingratidão mata...

Fosse Mlle. Miosótis (no mundo Benedita Guimarães, aluna mulata da Escola Complementar Caetano de Campos) indagar do paradeiro de Aristodemo entre os jovens defensores da pátria.

E saberia então que Aristodemo Guggiani para se livrar do sorteio ostentava agora a farda nobilitante de soldado do Tiro de Guerra nº 35.

– Companhia! Per... filar!

No largo Municipal o pessoal evoluía entre as cadeiras do bar e as costas protofônicas de Carlos Gomes para divertimento dos desocupados parados aos montinhos aqui, ali, à direita, à esquerda, lá, atrapalhando.

– Meia-volta! Vol... ver!

O sargento cearense clarinava as ordens de comando. Puxando pela rapaziada.
– Não está bom não! Vamos repetir isso sem avexame!
De novo não prestou.
– Firme!
Pareciam estacas.
– Meia-volta!
Tremeram.
– Vol... ver!
Volveram.
– Abém!
Aristodemo era o base da segunda esquadra.

Sargento Aristóteles Camarão de Medeiros, natural de São Pedro do Cariri, quando falava em honra da farda, deveres do soldado e grandeza da pátria arrebatava qualquer um.

Aristodemo só de ouvi-lo ficou brasileiro jacobino. Aristóteles escolheu-o para seu ajudante de ordens. Uma espécie de.
– Você conhece o hino nacional, criatura?
– Puxa, se conheço, seu sargento!
– Então você não esquece não? Traz amanhã umas cópias dele para o pessoal ensaiar para o sete de setembro? Abóm.

Aristodemo deu folga no serviço. Também levou um colosso de cópias. E o primeiro ensaio foi logo à noite.

Ou-viram do I-piranga as margens plá-cidas...

– Parem que assim não presta não!
Falta patriotismo. Vocês nem parecem brasileiros. Vamos!

Ou-viram do I-piranga as margens plá-cidas
Da Inde-pendência o brado re-tumbante!

— Não é assim não. Retumbante tem que estalar, criaturas, tem que retumbar! É palavra... como é que se diz mesmo?... é palavra... ah!... onomatopaica: RETUMBANTE!
E o hino rolou ribombando:

**...da Inde-pendência o brado re-TUMBAN-te!
E o sol da li-berdade em raios fúl...**

De repente um barulho na segunda esquadra.
— Que isbregue é esse aí, criaturas?
Isbregue danado. O alemãozinho levou um tabefe de estilo. Onde entrou todo o muque de que pôde dispor na hora o Aristodemo.
— Está suspenso o ensaio. Podem debandar.

— Eu dei mesmo na cara dele, seu sargento. Por Deus do céu! Um bruto tapa mesmo. O desgraçado estava escachando com o hino do Brasil!
— Que é que você está me dizendo, Aristodemo?
— Escachando, seu sargento. Pode perguntar para qualquer um da esquadra. Em vez de cantar ele dava risada da gente. Eu fui me deixando ficar com raiva e disse pra ele que ele tinha obrigação de cantar junto com a gente também. Ele foi e respondeu que não cantava porque não era brasileiro. Eu fui e disse que se ele não era brasileiro é porque então era... um... eu chamei ele de... eu ofendi a mãe dele, seu sargento! Ofendi mesmo. Por Deus do céu. Então ele disse que a mãe dele não era brasileira para ele ser... o que eu disse. Então eu fui, seu sargento, achei que era demais e estraguei com a cara do desgraçado! Ali na hora.
— Vou ouvir as testemunhas do fato, Aristodemo. Depois procederei como for de justiça. **Fiat justitia** como diziam os antigos romanos. Confie nela, Aristodemo.

"ORDEM DO DIA"

De conformidade com o ordenado pelo exmo. sr. dr. presidente deste Tiro de Guerra e depois de ouvir seis testemunhas oculares e auditivas acerca do deplorável fato ontem acontecido nesta sede do qual resultou levar uma lapada na face direita o inscrito Guilherme Schwertz, nº 81, comunico que fica o citado inscrito Guilherme Schwertz, nº 81, desligado das fileiras do exército, digo, deste Tiro de Guerra visto ter-se mostrado indigno de ostentar a farda gloriosa de soldado nacional pelas injúrias infamérrimas que ousou levantar contra a honra imaculada da mulher brasileira e principalmente da Mãe, acrescendo que cometeu semelhante ato delituoso contra a honra nacional no momento sagrado em que se cantava nesta sede o nosso imortal hino nacional. Comunico também que por necessidade de disciplina, que é o alicerce em que se firma toda corporação militar, o inscrito Aristodemo Guggiani, nº 117, único responsável pela lapada acima referida acompanhada de equimoses graves, fica suspenso por um dia a partir desta data. **Dura lex sed lex**. Aproveito porém no entretanto a feliz oportunidade para apontar como exemplo o supracitado inscrito Aristodemo Guggiani, nº 117, que deve ser seguido sob o ponto de vista do patriotismo, embora com menos violência apesar da limpeza, digo, da limpidez das intenções.

Aproveito ainda a oportunidade para declarar que fica expressamente proibido no pátio desta sede o jogo de futebol. Aqui só devemos cuidar da defesa da Pátria!

São Paulo, 23 de agosto de 1926.
(a) Sargento Instrutor Aristóteles Camarão de Medeiros."

Aristodemo Guggiani logo depois apresentou sua demissão do cargo de cobrador da Companhia Auto-Viação Gabrielle d'Annunzio. Sob aplausos e a conselho do Sargento Aristóteles Camarão de Medeiros. Trabalha agora na Sociedade de Transportes Rui Barbosa, Ltda.

Na mesma linha: Praça do Patriarca-Lapa.

(Brás, Bexiga e Barra Funda)

AMOR E SANGUE

Sua impressão: a rua é que andava não ele. Passou entre o verdureiro de grandes bigodes e a mulher de cabelo despenteado.

– Vá roubar no inferno, Seu Corrado!
Vá sofrer no inferno, Seu Nicolino! Foi o que ele ouviu de si mesmo.
– Pronto! Fica por quatrocentão.
– Mas é tomate podre, Seu Corrado!
Ia indo na manhã. A professora pública estranhou aquele ar tão triste. As bananas na porta da **QUITANDA TRIPOLI ITALIANA** eram de ouro por causa do sol. O Ford derrapou, maxixou, continuou bamboleando. E as chaminés das fábricas apitavam na Rua Brigadeiro Machado.

Não adiantava nada que o céu estivesse azul porque a alma de Nicolino estava negra.

– Ei, Nicolino! NICOLINO!
– Que é?
– Você está ficando surdo, rapaz! A Grazia passou agorinha mesmo.
– Des-gra-ça-da!
– Deixa de fita. Você joga amanhã contra o Esmeralda?
– Não sei ainda.
– Não sabe? Deixa de fita, rapaz! Você...
– Ciao.
– Veja lá, hein! Não vá tirar o corpo na hora. Você é a garantia da defesa.
A desgraçada já havia passado.

AO BARBEIRO SUBMARINO. BARBA: 300 réis. CABELO: 600 réis. SERVIÇO GARANTIDO.
– Bom dia!
Nicolino Fior d'Amore nem deu resposta. Foi entrando, tirando o paletó, enfiando outro branco, se sentando no fundo à espera dos fregueses. Sem dar confiança. Também seu Salvador nem ligou.

A navalha ia e vinha no couro esticado.
– São Paulo corre hoje! É o cem contos!
O Temístocles da Prefeitura entrou sem colarinho.
– Vamos ver essa barba muito bem-feita! Ai, ai! Calor pra burro. Você leu no **Estado** o crime de ontem, Salvador? Banditismo indecente.
– Mas parece que o moço tinha razão de matar a moça.

— Qual tinha razão nada, seu! Bandido! Drama de amor coisa nenhuma. E amanhã está solto. Privação de sentidos. Júri indecente, meu Deus do céu! Salvador, Salvador... — cuidado aí que tem uma espinha — ...este país está perdido!
— Todos dizem.
Nicolino fingia que não estava escutando. E assobiava a **Scugnizza**.

As fábricas apitavam.
Quando Grazia deu com ele na calçada abaixou a cabeça e atravessou a rua.
— Espera aí, sua fingida.
— Não quero mais falar com você.
— Não faça mais assim pra mim, Grazia. Deixa que eu vá com você. Estou ficando louco, Grazia. Escuta. Olha, Grazia! Grazia! Se você não falar mais comigo eu me mato mesmo. Escuta. Fala alguma coisa por favor.
— Me deixa! Pensa que eu sou aquela fedida da rua Cruz Branca?
— O quê?
— É isso mesmo.
E foi almoçar correndo.
Nicolino apertou o fura-bolos entre os dentes.

As fábricas apitavam.
Grazia ria com a Rosa.
— Meu irmão foi e deu uma bruta surra na cara dele.
— Bem feito! Você é uma danada, Rosa. Chi!...
Nicolino deu um pulo monstro.
— Você não quer mesmo mais falar comigo, sua desgraçada?
— Desista!
— Mas você me paga, sua desgraçada!
— NÃ-Ã-O!
A punhalada derrubou-a.
— Pega! PEGA! PEGA!

— Eu matei ela porque estava louco, seu delegado!
Todos os jornais registraram essa frase que foi dita chorando.

Eu estava louco,
Seu delegado!   BIS
Matei por isso,
Sou um desgraçado!

O estribilho do **ASSASSINO POR AMOR (Canção da atualidade para ser cantada com a música do "FUBÁ"**, letra de Spartaco Novais Panini) causou furor na zona.

(Brás, Bexiga e Barra Funda)

A SOCIEDADE

— **F**ilha minha não casa com filho de carcamano!
A esposa do conselheiro José Bonifácio de Matos e Arruda disse isso e foi brigar com o italiano das batatas. Teresa Rita misturou lágrimas com gemidos e entrou no seu quarto batendo a porta. O conselheiro José Bonifácio limpou as unhas com o palito, suspirou e saiu de casa abotoando o fraque.

O esperado grito do clácson fechou o livro de Henri Ardel e trouxe Teresa Rita do escritório para o terraço.
O Lancia passou como quem não quer. Quase parando. A mão enluvada cumprimentou com o chapéu Borsalino. Uiiiiia – uiiiiia! Adriano Melli calcou o acelerador. Na primeira esquina fez a curva. Veio voltando. Passou de novo. Continuou. Mais duzentos metros. Outra curva. Sempre na mesma rua. Gostava dela. Era a rua da Liberdade. Pouco antes do número 259-C já sabe: uiiiiia-uiiiiia!
— O que você está fazendo aí no terraço, menina?
— Então nem tomar um pouco de ar eu posso mais?
Lancia Lambda, vermelhinho, resplendente, pompeando na rua. Vestido do Camilo, verde, grudado à pele, serpejando no terraço.

– Entre já para dentro ou eu falo com seu pai quando ele chegar!
– Ah meu Deus, meu Deus, que vida, meu Deus!
Adriano Melli passou outras vezes ainda. Estranhou. Desapontou. Tocou para a avenida Paulista.

Na orquestra o negro de casaco vermelho afastava o saxofone da beiçorra para gritar:

Dizem que Cristo nasceu em Belém...

Porque os pais não a haviam acompanhado (abençoado furúnculo inflamou o pescoço do conselheiro José Bonifácio) ela estava achando um suco aquela vesperal do Paulistano. O namorado ainda mais.
Os pares dançarinos maxixavam colados. No meio do salão eram um bolo tremelicante. Dentro do círculo palerma de mamãs, moças feias e moços enjoados. A orquestra preta tonitroava. Alegria de vozes e sons. Palmas contentes prolongaram o maxixe. O banjo é que ritmava os passos.
– Sua mãe me fez ontem uma desfeita na cidade.
– Não!
– Como não? Sim senhora. Virou a cara quando me viu.

...mas a história se enganou!

As meninas de ancas salientes riam porque os rapazes contavam episódios de farra muito engraçados. O professor da Faculdade de Direito citava Rui Barbosa para um sujeitinho de óculos. Sob a vaia do saxofone: tururuturururum!
– Meu pai quer fazer um negócio com o seu.
– Ah sim?

Cristo nasceu na Bahia, meu bem...

O sujeitinho de óculos começou a recitar Gustave Le Bon mas a destra espalmada do catedrático o engasgou. Alegria de vozes e sons.

...e o baiano criou!

— Olhe aqui, Bonifácio: se esse carcamano vem pedir a mão de Teresa para o filho você aponte o olho da rua para ele, compreendeu?
— Já sei, mulher, já sei.

Mas era coisa muito diversa.
O cav. uff. Salvatore Melli alinhou algarismos torcendo a bigodeira. Falou como homem de negócios que enxerga longe. Demonstrou cabalmente as vantagens econômicas de sua proposta.
— O doutor...
— Eu não sou doutor, senhor Melli.
— Parlo assim para facilitar. Non é para ofender. Primo o doutor pense bem. E poi me dê a sua resposta. Domani, dopo domani, na outra semana, quando quiser. Io resto à sua disposição. Ma pense bem!
Renovou a proposta e repetiu os argumentos pró. O conselheiro possuía uns terrenos em São Caetano. Coisas de herança. Não lhe davam renda alguma. O cav. uff. tinha a sua fábrica ao lado. 1.200 teares. 36.000 fusos. Constituíam uma sociedade. O conselheiro entrava com os terrenos. O cav. uff. com o capital. Arruavam os trinta alqueires e vendiam logo grande parte para os operários da fábrica. Lucro certo, mais que certo, garantidíssimo.
— É. Eu já pensei nisso. Mas sem capital o senhor compreende é impossível...
— Per Bacco, doutor! Mas io tenho o capital. O capital sono io. O doutor entra com o terreno mais nada. E o lucro se divide no meio.
O capital acendeu um charuto. O conselheiro coçou os joelhos disfarçando a emoção. A negra de broche serviu o café.
— Dopo o doutor me dá a resposta. Io só digo isto: pense bem.
O capital levantou-se. Deu dois passos. Parou. Meio embaraçado. Apontou para um quadro.
— Bonita pintura.
Pensou que fosse obra de italiano. Mas era de francês.
— Francese? Não é feio non. Serve.
Embatucou. Tinha qualquer coisa. Tirou o charuto da boca, ficou olhando para a ponta acesa. Deu um balanço no corpo. Decidiu-se.
— Ia dimenticando de dizer. O meu filho fará o gerente da sociedade... Sob a minha direção, si capisce.
— Sei, sei... O seu filho?

– Si. O Adriano. O doutor... mi pare... mi pare que conhece ele?
O silêncio do conselheiro desviou os olhos do cav. uff. na direção da porta.
– Repito un'altra vez: o doutor pense bem.
O Isotta Fraschini esperava-o todo iluminado.

– E então? O que devo responder ao homem?
– Faça como entender, Bonifácio...
– Eu acho que devo aceitar.
– Pois aceite...
E puxou o lençol.

A outra proposta foi feita de fraque e veio seis meses depois.

O conselheiro José Bonifácio de Matos e Arruda	*O cav. uff. Salvatore Melli*
e	*e*
senhora	*senhora*
têm a honra de participar a V. Exa. e Exma. família, o contrato de casamento de sua filha Teresa Rita com o sr. Adriano Melli.	*têm a honra de participar a V. Exa. e Exma. família, o contrato de casamento de seu filho Adriano com a senhorita Teresa Rita de Matos e Arruda.*
Rua da Liberdade, nº 259-C.	*Rua da Barra Funda, nº 427.*

S. Paulo, 19 de fevereiro de 1927.

No chá do noivado o cav. uff. Adriano Melli na frente de toda a gente recordou à mãe de sua futura nora os bons tempinhos em que lhe vendia cebolas e batatas, Olio di Lucca e bacalhau português quase sempre fiado e até sem caderneta.

(Brás, Bexiga e Barra Funda)

LISETTA

Quando Lisetta subiu no bonde (o condutor ajudou) viu logo o urso. Felpudo, felpudo. E amarelo. Tão engraçadinho.

Dona Mariana sentou-se, colocou a filha em pé diante dela.

Lisetta começou a namorar o bicho. Pôs o pirulito de abacaxi na boca. Pôs mas não chupou. Olhava o urso. O urso não ligava. Seus olhinhos de vidro não diziam absolutamente nada. No colo da menina de pulseira de ouro e meias de seda parecia um urso importante e feliz.

— Olha o ursinho que lindo, mamãe!

— Stai zitta!

A menina rica viu o enlevo e a inveja da Lisetta. E deu de brincar com o urso. Mexeu-lhe com o toquinho do rabo: e a cabeça do bicho virou para a esquerda, depois para a direita, olhou para cima, depois para baixo. Lisetta acompanhava a manobra. Sorrindo fascinada. E com um ardor nos olhos! O pirulito perdeu definitivamente toda a importância. Agora são as pernas que sobem e descem, cumprimentam, se cruzam, batem umas nas outras.

— As patas também mexem, mamãe. Olha lá!

— Stai ferma!

Lisetta sentia um desejo louco de tocar no ursinho. Jeitosamente procurou alcançá-lo. A menina rica percebeu, encarou a coitada com raiva, fez uma careta horrível e apertou contra o peito o bichinho que custara cinquenta mil-réis na Casa São Nicolau.

— Deixa pegar um pouquinho, um pouquinho só nele, deixa?

— Ah!

— Scusi, senhora. Desculpe por favor. A senhora sabe, essas crianças são muito levadas. Scusi. Desculpe.

A mãe da menina rica não respondeu. Ajeitou o chapeuzinho da filha, sorriu para o bicho, fez uma carícia na cabeça dele, abriu a bolsa e olhou o espelho.

Dona Mariana, escarlate de vergonha, murmurou no ouvido da filha:

— In casa me lo pagherai!

E pespegou por conta um beliscão no bracinho magro. Um beliscão daqueles.

Lisetta então perdeu toda a compostura de uma vez. Chorou. Soluçou. Chorou. Soluçou. Falando sempre.
— Ahn! Ahn! Ahn! Ahn! Eu que... ro o ur... so! O ur... so! Ai, mamãe! Ai, mamãe! Eu que... ro o... o... o... Ahn! Ahn!
— Stai ferma o ti amazzo parola d'onore!
— Um pou... qui... nho só! Ahn! E... Ahn! E... Ahn! Um pou... qui...
— Senti, Lisetta. Non ti porterò piú in città! Mai piú!
Um escândalo. E logo no banco da frente. O bonde inteiro testemunhou o feio que Lisetta fez.

O urso recomeçou a mexer com a cabeça. Da esquerda para a direita, para cima e para baixo.

— Non piangere più adesso!
Impossível.
O urso lá se fora nos braços da dona. E a dona só de má antes de entrar no palacete estilo empreiteiro português voltou-se e agitou no ar o bichinho. Para Lisetta ver. E Lisetta viu.
Den-den! O bonde deu um solavanco, sacudiu os passageiros, deslizou, rolou, seguiu. Den-den!
— Olha à direita!
Lisetta como compensação quis sentar-se no banco. Dona Mariana (havia pago uma passagem só) opôs-se com energia e outro beliscão.

A entrada de Lisetta em casa marcou época na história dramática da família Garbone.
Logo na porta um safanão. Depois um tabefe. Outro no corredor. Intervalo de dois minutos. Foi então a vez das chineladas. Para remate. Que não acabava mais.
O resto da gurizada (narizes escorrendo, pernas arranhadas, suspensórios de barbante) reunido na sala de jantar sapeava de longe.
Mas o Ugo chegou da oficina.
— Você assim machuca a menina, mamãe! Coitadinha dela!
Também Lisetta já não aguentava mais.

— Toma pra você. Mas não escache.

Lisetta deu um pulo contente. Pequerrucho. Pequerrucho e de lata. Do tamanho de um passarinho. Mas urso.

Os irmãos chegaram-se para admirar. O Pasqualino quis logo pegar no bichinho. Quis mesmo tomá-lo à força. Lisetta berrou como uma desesperada:
– Ele é meu! O Ugo me deu!
Correu para o quarto. Fechou-se por dentro.

(*Brás, Bexiga e Barra Funda*)

CORINTHIANS (2) VS. PALESTRA (1)

Prrrrii!
– Aí, Heitor!
A bola foi parar na extrema esquerda. Melle desembestou com ela.
A arquibancada pôs-se em pé. Conteve a respiração. Suspirou:
– Aaaah!
Miquelina cravava as unhas no braço gordo da Iolanda. Em torno do trapézio verde a ânsia de vinte mil pessoas. De olhos ávidos. De nervos elétricos. De preto. De branco. De azul. De vermelho.

Delírio futebolístico no Parque Antártica.

Camisas verdes e calções negros corriam, pulavam, chocavam-se, embaralhavam-se, caíam, contorcionavam-se, esfalfavam-se, brigavam. Por causa da bola de couro amarelo que não parava, que não parava um minuto, um segundo. Não parava.
– Neco! Neco!
Parecia um louco. Driblou. Escorregou. Driblou. Correu. Parou. Chutou.
– Gooool! Gooool!
Miquelina ficou abobada com o olhar parado. Arquejando. Achando aquilo um desaforo, um absurdo.

Alegoá-goá-goá! Alegoá-goá-goá! Urra! Urra! Corinthians!

Palhetas subiram no ar. Com os gritos. Entusiasmos rugiam. Pulavam. Dançavam. E as mãos batendo nas bocas:
— Go-o-o-o-o-o-ol!
Miquelina fechou os olhos de ódio.
— Corinthians! Corinthians!
Tapou os ouvidos.
— Já me estou deixando ficar com raiva!
A exaltação decresceu como um trovão.

— O Rocco é que está garantindo o Palestra. Aí, Rocco! Quebra eles sem dó!
A Iolanda achou graça. Deu risada.
— Você está ficando maluca, Miquelina. Puxa! Que bruta paixão!
Era mesmo. Gostava do Rocco, pronto. Deu o fora no Biagio (o jovem e esperançoso esportista Biagio Panaiocchi, diligente auxiliar da firma desta praça G. Gasparoni & Filhos e denodado meia-direita do S. C. Corinthians Paulista campeão do Centenário) só por causa dele.
— Juiz ladrão, indecente! Larga o apito, gatuno!
Na Sociedade Beneficiente e Recreativa do Bexiga toda a gente sabia de sua história com o Biagio. Só porque ele era frequentador dos bailes dominicais da Sociedade não pôs mais os pés lá. E passou a torcer para o Palestra. E começou a namorar o Rocco.
— O Palestra não dá pro pulo!
— Fecha essa latrina, seu burro!
Miquelina ergueu-se na ponta dos pés. Ergueu os braços. Ergueu a voz:
— Centra, Matias! Centra, Matias!
Matias centrou. A assistência silenciou. Imparato emendou. A assistência berrou.
— Palestra! Palestra! Alegoá-goá! Palestra! Alegoá! Alegoá!
O italianinho sem dentes com um soco furou a palheta Ramenzoni de contentamento. Miquelina nem podia falar. E o menino de ligas saiu de seu lugar, todo ofegante, todo vermelho, todo triunfante, e foi dizer para os primos corinthianos na última fileira da arquibancada:
— Conheceram, seus canjas?

O campo ficou vazio.
– O'... lh'a gasosa!
Moças comiam amendoim torrado sentadas nas capotas dos automóveis. A sombra avançava no gramado maltratado. Mulatas de vestidos azuis ganhavam beliscões. E riam. Torcedores discutiam com gestos.
– O'... lh'a gasosa!
Um aeroplano passeou sobre o campo.
Miquelina mandou pelo irmão um recado ao Rocco.
– Diga pra ele quebrar o Biagio que é o perigo do Corinthians.
Filipino mergulhou na multidão.

Palmas saudaram os jogadores de cabelos molhados.
Prrrrii!
– O Rocco disse pra você ficar sossegada.
Amílcar deu uma cabeçada. A bola foi bater em Tedesco que saiu correndo com ela. E a linha toda avançou.
– Costura, macacada!
Mas o juiz marcou um impedimento.
– Vendido! Bandido! Assassino!
Turumbamba na arquibancada. O refle do sargento subiu a escada.
– Não pode! Põe pra fora! Não pode!
Turumbamba na geral. A cavalaria movimentou-se.
Miquelina teve medo. O sargento prendeu o palestrino. Miquelina protestou baixinho:
– Nem torcer a gente pode mais! Nunca vi!

– Quantos minutos ainda?
– Oito.

Biagio alcançou a bola. Aí, Biagio! Foi levando, foi levando. Assim, Biagio! Driblou um. Isso! Fugiu de outro. Isso! Avançava para a vitória. Salame nele, Biagio! Arremeteu. Chute agora! Parou. Disparou. Parou. Aí! Reparou. Hesitou. Biagio! Biagio! Calculou. Agora! Preparou-se. Olha o Rocco! É agora. Aí! Olha o Rocco! Caiu.
– CA-VA-LO!

Prrrrii!
— Pênalti!

Miquelina pôs a mão no coração. Depois fechou os olhos. Depois perguntou:
— Quem é que vai bater, Iolanda?
— O Biagio mesmo.
— Desgraçado.
O medo fez silêncio.
Prrrrii!
Pan!
— Go-o-o-o-ol! Corinthians!

— Quantos minutos ainda?
Pri-pri-pri!
— Acabou, Nossa Senhora!
Acabou.

As árvores da geral derrubaram gente.
— Abr'a porteira! Rá! Fech'a porteira! Prá!
O entusiasmo invadiu o campo e levantou o Biagio nos braços.
— Solt'o rojão! Fiú! Rebent'a bomba! Pum! CORINTHIANS!
O ruído dos automóveis festejava a vitória. O campo foi se esvaziando como um tanque. Miquelina murchou dentro de sua tristeza.
— Que é — que é? É jacaré? Não é!
Miquelina nem sentia os empurrões.
— Que é — que é? É tubarão? Não é!
Miquelina não sentia nada.
— Então que é? CORINTHIANS!
Miquelina não vivia.

Na avenida Água Branca os bondes formando cordão esperavam campainhando o zé-pereira.
— Aqui, Miquelina.
Os três espremeram-se no banco onde já havia três. E gente no estribo. E gente na coberta. E gente nas plataformas. E gente do lado da entrevia.

A alegria dos vitoriosos demandou a cidade. Berrando, assobiando e cantando. O mulato com a mão no guindaste é quem puxava a ladainha:
– O Palestra levou na testa!
E o pessoal entoava:
– Ora pro nobis!
Ao lado de Miquelina o gordo de lenço no pescoço desabafou:
– Tudo culpa daquela besta do Rocco!
Ouviu, não é Miquelina? Você ouviu?
– Não liga pra esses trouxas, Miquelina.
Como não liga?
– O Palestra levou na testa!
Cretinos.
– Ora pro nobis!
Só a tiro.

– Diga uma coisa, Iolanda. Você vai hoje na Sociedade?
– Vou com o meu irmão.
– Então passa por casa que eu também vou.
– Não?
– Que bruta admiração! Por que não?
– E o Biagio?
– Não é de sua conta.
Os pingentes mexiam com as moças de braço dado nas calçadas.

(*Brás, Bexiga e Barra Funda*)

NOTAS BIOGRÁFICAS DO NOVO DEPUTADO

O coronel recusou a sopa.
– Que é isso, Juca? Está doente?

O coronel coçou o queixo. Revirou os olhos. Quebrou um palito. Deu um estalo com a língua.
— Que é que você tem, homem de Deus?
O coronel não disse nada. Tirou uma carta do bolso de dentro. Pôs os óculos. Começou a ler:
— **Exmo. sr. coronel Juca.**
— De quem é?
— Do administrador da Santa Inácia.
— Já sei. Geada?
— Escute. **Exmo. sr. coronel Juca. Respeitosas Saudações. Em primeiro lugar Saudo-vos. V. Ecia. e D. Nequinha. Coronel venho por meio desta respeitosamente comunicar para V. E. que o cafezal novo agradeceu bastante as chuvarada desta semana.** E tal e tal e tal. **Me acho doente diversos incomodos divido o serviço.**
— Coitado.
— Mas não é isso. **O major Domingo Netto mandou buscar a vacca...** Ó senhor! Não acho.
— Na outra página, Juca.
— Está aqui. Vá escutando. Em **ultimo lugar vos communico que o seu comprade João Intaliano morreu...**
— Meu Deus, não diga?
— **...morreu segunda que passou de uma anemia nos rim: Por esses motivos recolhi em casa o vosso afilhado e orpham Gennarinho. Pesso para V. E. que me mande dizer o distino** e tal. E agora, mulher?
Dona Nequinha suspirou. Bebeu um gole de água. Mandou levar a sopa.
— E então?
Dona Nequinha passou a língua nos lábios. Levantou a tampa da farinheira. Arranjou o virote.
— E então? Que é que eu respondo?
Dona Nequinha pensou. Pensou. Pensou. E depois:
— Vamos pensar bem primeiro, Juca. Não coma o torresmo que faz mal. Amanhã você responde. E deixe-se de extravagâncias.

Gennarinho desceu na estação da Sorocabana com o nariz escorrendo. Todo chibante. De chapéu vermelho. Bengalinha na mão. Rebocado pelo filho mais velho do administrador. E com uma carta para o coronel J. Peixoto de Faria.

Tomou o coche Hudson que estava à sua espera. Veio desde a estação até a avenida Higienópolis com a cabeça para fora do automóvel soltando cusparadas. Apertou o dedo no portão. Disse uma palavra feia. Subiu as escadas berrando.

— Tire o chapéu.
Tirou.
— Diga boa noite.
Disse.
— Beije a mão dos padrinhos.
Beijou.
— Limpe o nariz.
Limpou com o chapéu.

— Pronto, Nhãzinha. A telefonista cortou. Chegou anteontem. Espertinho como ele só. Nem você imagina. Tem nove anos. É sim. Crescidinho. Juca ficou com dó dele. Pois é. Coitadinho. Imagine. Pois é. Faz de conta que é um filho. Já estou querendo bem mesmo. Gennarinho. O quê? É sim. Nome meio esquisito. Também acho. O Juca está que não pode mais de satisfeito. Ele que sempre desejou ter tanto um filho, não é? Pois então. Nasceu no Brás. O pai era não sei o quê. Estava na fazenda há cinco anos já. Bom, Nhãzinha. O Juca está me chamando. Beijos na Marianinha. Obrigada. O mesmo. Até amanhã. Ah! Ah! Ah! Imagine! Nesta idade!... Até amanhã, Nhãzinha. Que é que você queria, Juca?

— Agora é tarde. Você não sabe o que perdeu.
— O Gennarinho, é?
— Diabinho de menino! Querendo a toda força levantar a saia da Atsué.
— Mas isso não está direito, Juca. Vou já e já...
— É. Direito não está mesmo. Mas é engraçado.
— ...dar uns tapas nele.
— Não faça isso, ora essa! Dar à toa no menino!
— Não é à toa, Juca.
— Bom. Então dê. Olhe aqui: eu mesmo dou, sabe? Eu tenho mais jeito.

Um dia na mesa o coronel implicou:

— Esse negócio de Gennarinho não está certo. Gennarinho não é nome de gente. Você agora passa a se chamar Januário que é a tradução. Eu já indaguei. Ouviu? Eta menino impossível! Sente-se já aí direito! Você passa a se chamar Januário. Ouviu?

— Ouvi.

— Não é assim que se responde. Diga sem se mexer na cadeira: Ouvi, sim senhor.

— Ouvi, sim senhor coronel!

Dona Nequinha riu como uma perdida. Da resposta e da continência.

Uma noite na cama dona Nequinha perguntou:

— Juca: você já pensou no futuro do menino?

O coronel estava dorme não dorme. Respondeu bocejando:

— Já-á-á!...

— Que é que você resolveu?

O coronel levou um susto.

— O quê? Resolveu o quê?

— O futuro do menino, homem de Deus!

— Ahn!...

— Responda.

O coronel coçou primeiro o pescoço.

— Para falar a verdade, Nequinha, ainda não resolvi nada.

O suspiro desanimado da consorte foi um protesto contra tamanha indecisão.

— Mas você não há de querer que ele cresça um vagabundo, eu espero.

— Pois está visto que não quero.

Aproveitando o silêncio o despertador bateu mais forte no criado-mudo. Dona Nequinha ajeitou o travesseiro. São José dentro de sua redoma espiou o voo de dois pernilongos.

— Eu acho que... Apague a luz que está me incomodando.

— Pronto. Acho o quê?

— Eu acho que a primeira coisa que se deve fazer é meter o menino num colégio.

— Num colégio de padres.
— É.
— Eu sou católica. Você também é. O Januário também será.
— Muito bem...
— Você parece que está dizendo isso assim sem muito entusiasmo... Era sono.
— Amanhã-ã-ã... ai! ai!... nós vemos isso direito, Nequinha...

Até o coronel ajudou a aprontar o Januário. Foi quem pôs ordem na cabelada cor de abóbora. Na terceira tentativa fez uma risca bem no meio da cabeça.
— Agora só falta a merenda.
Dona Nequinha preparou logo. Pão francês. Goiabada Pesqueira. Queijo Palmira.
— Diga pro Inácio tirar o automóvel. O fechado.
A comoção era geral. Dona Nequinha apertou mais uma vez a gravata azul do Januário. O coronel deu uma escovadela pensativa no gorro. Januário fez uma cara de vítima.
— Vamos indo que está na hora.
Dona Nequinha (o coronel já se achava no meio da escadaria de mármore carregando a pasta colegial) beijou mais uma vez a testa do menino. Chuchurreadamente. Maternalmente.
— Vá, meu filhinho. E tenha muito juízo, sim? Seja muito respeitador. Vá.
Todo compenetrado, de pescoço duro e passo duro. Januário alcançou o coronel.

A meninada entrava no Ginásio de São Bento em silêncio e beijava a mão do senhor reitor. Depois disparava pelos corredores jogando os chapéus no ar. As aulas de portas abertas esperavam de carteiras vazias. O berreiro sufocava o apito dos vigilantes.
— Cumprimente o senhor reitor.
D. Estanislau deu uma palmadinha na nuca do Januário. Januário tremeu.
— Crescidinho já. Muito bem. Muito bem. Como se chama?
Januário não respondeu.
— Diga o seu nome para o senhor reitor.

– Januário.
– Ah! Muito bem. Januário. Muito bem. Januário de quê?
Januário estava louco para ir para o recreio. Nem ouviu.
– Diga o seu nome todo, menino!
Com os olhos no coronel:
– Januário Peixoto de Faria.
O porteiro apareceu com uma sineta na mão. Dlin-dlin! Dlin-dlin! Dlin-dlin!

O coronel seguiu para o São Paulo Clube pensando em fazer testamento.

(Brás, Bexiga e Barra Funda)

O MONSTRO DE RODAS

O Nino apareceu na porta. Teve um arrepio. Levantou a gola do paletó.
– Ei, Pepino! Escuta só o frio!
Na sala discutiam agora a hora do enterro. A Aída achava que de tarde ficava melhor. Era mais bonito. Com o filho dormindo no colo dona Mariângela achava também. A fumaça do cachimbo do marido ia dançar bem em cima do caixão.
– Ai, Nossa Senhora! Ai, Nossa Senhora!
Dona Nunzia descabelada enfiava o lenço na boca.
– Ai, Nossa Senhora! Ai, Nossa Senhora!
Sentada no chão a mulata oferecia o copo de água de flor de laranja.
– Leva ela pra dentro!
– Não! Eu não quero! Eu... não... quero!...
Mas o marido e o irmão a arrancaram da cadeira e ela foi gritando para o quarto. Enxugaram-se lágrimas de dó.
– Coitada da dona Nunzia!
A negra de sandália sem meia principiou a segunda volta do terço.

— Ave Maria, cheia de graça, o Senhor...

Carrocinhas de padeiro derrapavam nos paralelepípedos da rua Sousa Lima. Passavam cestas para a feira do largo do Arouche. Garoava na madrugada roxa.

— ...da nossa morte. Amém. Padre Nosso que estais no céu...

O soldado espiou da porta. Seu Chiarini começou a roncar muito forte. Um bocejo. Dois bocejos. Três. Quatro.

— ...de todo o mal. Amém.

A Aída levantou-se e foi espantar as moscas do rosto do anjinho. Cinco. Seis.

O violão e a flauta recolhendo da farra emudeceram respeitosamente na calçada.

Na sala de jantar Pepino bebia cerveja em companhia do Américo Zamponi (**SALÃO PALESTRA ITÁLIA – Engraxa-se na perfeição a 200 réis**) e o Tibúrcio (– O Tibúrcio... – O mulato? – Quem mais há de ser?).

— Quero só ver daqui a pouco a notícia do **Fanfulla**. Deve cascar o almofadinha.

— Chi, Pepino! Você é ainda muito criança. Tu é ingênuo, rapaz. Não conhece a podridão da nossa imprensa. Que o quê, meu nego. Filho de rico manda nesta terra que nem a Light. Pode matar sem medo. É ou não é, Seu Zamponi?

Seu Américo Zamponi soltou um palavrão, cuspiu, soltou outro palavrão, bebeu, soltou mais outro palavrão, cuspiu.

— É isso mesmo, Seu Zamponi, é isso mesmo!

O caixãozinho cor-de-rosa com listas prateadas (dona Nunzia gritava) surgiu diante dos olhos assanhados da vizinhança reunida na calçada (a molecada pulava) nas mãos da Aída, da Josefina, da Margarida e da Linda.

— Não precisa ir depressa para as moças não ficarem escangalhadas.

A Josefina na mão livre sustentava um ramo de flores. Do outro lado a Linda tinha a sombrinha verde aberta. Vestidos engomados, armados, um branco, um amarelo, um creme, um azul. O enterro seguiu.

O pessoal feminino da reserva carregava dálias e palmas-de-são-josé. E na calçada os homens caminhavam descobertos.

O Nino quis fechar com o Pepino uma aposta de quinhentão.
— A gente vai contando os trouxas que tiram o chapéu até a gente chegar no Araçá. Mais de cinquenta você ganha. Menos, eu.
Mas o Pepino não quis. E pegaram uma discussão sobre qual dos dois era o melhor: Friedenreich ou Feitiço.
— Deixa eu carregar agora, Josefina?
— Puxa, que fiteira! Só porque a gente está chegando na avenida Angélica. Que mania de se mostrar que você tem!
O grilo fez continência. Automóveis disparavam para o corso com mulheres de pernas cruzadas mostrando tudo. Chapéus cumprimentavam dos ônibus, dos bondes. Sinais da santa cruz. Gente parada.
Na praça Buenos Aires Tibúrcio já havia arranjado três votos para as próximas eleições municipais.
— Mamãe, mamãe! Venha ver um enterro, mamãe!

Aída voltou com a chave do caixão presa num lacinho de fita. Encontrou dona Nunzia sentada na beira da cama olhando o retrato que a **Gazeta** publicara. Sozinha. Chorando.
— Que linda que era ela!
— Não vale a pena pensar mais nisso, dona Nunzia...
O pai tinha ido conversar com o advogado.

(Brás, Bexiga e Barra Funda)

ARMAZÉM PROGRESSO DE SÃO PAULO

O armazém do Natale era célebre em todo o Bexiga por causa deste anúncio:

AVISO ÀS EXCELENTÍSSIMAS MÃES DE FAMÍLIA!
O
ARMAZÉM PROGRESSO DE SÃO PAULO
DE
NATALE PIENOTTO
TEM ARTIGOS DE TODAS AS QUALIDADES
DÁ-SE UM CONTO DE RÉIS A QUEM PROVAR O CONTRÁRIO
N. B. – Jogo de bocce com serviço de restaurante nos fundos.

Isso em letras formidáveis na fachada e em prospectos entregues a domicílio.

O filho do doutor da esquina que era muito pândego e comprava cigarros no armazém mandando-os debitar na conta do pai com outro nome bulia todos os santos dias com o Natale:

– Seu Natale, o senhor tem pneumáticos-balão aí?
– Que negócio é esse?
– Ah, não tem? Então passe já para cá um conto de réis.
– Você não vê logo, Zezinho, que isso é só para tapear os trouxas? Que é que você quer? Um maço de Sudan Ovais? E como é, na caderneta?
– Bote hoje uma Si-Si que é também pra tapear o trouxa.

O Natale achava uma graça imensa e escrevia: **Duas Si-Si pro sr. Zezinho – 1$200.**

O Armazém Progresso de São Paulo começou com uma porta no lado par da rua da Abolição. Agora tinha quatro no lado ímpar.

Também o Natale não despregava do balcão de madrugada a madrugada. Trabalhava como um danado. E dona Bianca suando firme na cozinha e no bocce.

– Se não é essa coisa de imposto, puxa vida!

Mas a caderneta da Banca Francese ed Italiana per l'America del Sud ria dessa coisa de imposto.

– Dá aí duzentão de cachaça!

O negro fedido bebeu de um gole só. Começou a cuspir.

No quintal o pessoal do bocce gritava que nem no futebol. Entusiasmos estalavam:

— Evviva il campionissimo!
O Ferrucio entrou de pé no chão e relógio-pulseira.
— Mais duas de Hamburguesa, seu Natale.
Meninas enlaçadas passeavam na calçada. O lampião de gás piscava pra elas. A locomotiva fumegando no carrinho de mão apitava amendoim torrado. O Brodo passou cantando.
Natale veio à porta da rua estirar os braços. Em frente a Confeitaria Paiva Couceiro expunha renques de cebola e a mulher do proprietário grávida com um filhinho no colo. Esse espetáculo diário era um gozo para o Natale. Cebola era artigo que estava por preço que as excelentíssimas mães de família achavam uma beleza de preço. E o mondrongo coitado tinha um colosso de cebolas galegas empatado na confeitaria. Natale que não perdia tempo calculou logo quanto poderia oferecer por toda aquela mercadoria (cebolas e o resto) no leilão da falência: dez contos, talvez sete, quem sabe cinco. O português não aguentaria mesmo o tranco por mais tempo.
— Dona Bianca está chamando o senhor depressa na cozinha.
Resolveu primeiro apertar o homem no vencimento da letra. E acendeu um Castro Alves.

A roda de pizza chiava na panela.
— Con molte alici, eh dama Bianca!
— Si capisce, sor Luigi!
Natale entrou.
— Vem aqui no quarto.
Natale foi meio desconfiado.

— Que é?
Bianca quando dava para falar era aquela desgraça.
José Espiridião, o mulato, o do Abastecimento, ora o da Comissão do Abastecimento...
— Já sei.
...estava ali no quintal assistindo a uma partida de bocce. Conversando com o Giribello, o sapateiro, o pai da Genoveva...
— Já sei.

Bianca foi levar lá um prato de não sei o quê e o senvergonha do mulato até brincara com ela. Disse umas gracinhas. Mas ela não ficou quieta não. Que esperança. Deu uma resposta até que o Espiridião ficou até assim meio...

— Já sei.

Pois é. Ela ficou ali espiando o bocce porque era a vez do Nicola jogar. E como o Nicola já sabe é o campeão e estava num dia mesmo de...

— Sei!

Pois é. Ela ficou espiando. E também escutando o que o Espiridião estava dizendo para o Giribello. Não é que ela fazia questão de escutar o que ele falava. Não. Mas ela estava ali perto — não é? — então...

— SEI!

O Espiridião falava assim para o Giribello que a crise era um fato, que a cebola por exemplo ia ficar pela hora da morte. O pessoal da Comissão do Abastecimento andava até...

— SEI!

Ele então não quis ouvir mais nada. Veio correndo e mandou o Ferrucio chamá-lo para lhe dizer que desse um jeito com o português.

— Já sei...

Se não aproveitasse agora nunca mais. O homem que desse em pagamento da letra as...

— Dona Bianca! Venha depressa que o Dino quer avançar nas comidas!

— Mais um copo, seu doutor.

José Espiridião aceitava o título e a cerveja.

— Pois é como estou lhe contando, Seu Natale. A tabela vai subir porque a colheita foi fracota como o diabo. Ai, ai! Coitado de quem é pobre.

Natale abriu outra Antártica.

— Cebola até o fim do mês está valendo três vezes mais. Não demora muito temos cebola aí a cinco mil-réis o quilo ou mais. Olhe aqui, amigo Natale: trate de bancar o açambarcador. Não seja besta. O pessoal da alta que hoje cospe na cabeça do povo enriqueceu assim mesmo. Igualzinho.

Natale já sabia disso.

— Se o doutor me promete ficar quieto — compreende? e o negócio dá certo o doutor leva também as suas vantagens...

Espiridião já sabia disso.

Dona Bianca pôs o Nino na caminha de ferro. Ele ficou com uma perna fora da coberta. Toda cheia de feridas.

Então o Natale entrou assobiando a **Tosca**. A mulher olhou bem para ele. Percebeu tudo. Perguntou por perguntar:

– Arranjou?

Natale segurou-a pelas orelhas, quase encostou o nariz no dela.

– Diga se eu tenho cara de trouxa!

Deu na dona Bianca um empurrão contente da vida, deu uma volta sobre os calcanhares, deu um soco na cômoda, saiu e voltou com meio litro de Chianti Ruffino. Parou. Olhou para a garrafa. Hesitou. Saiu de novo. E trouxe meia Pretinha.

Dona Bianca deitou-se sem apagar a luz. Olhou muito para o Dino que dormia de boca aberta. Olhou muito para o **Santo Antonio di Padova col Gesù Bambino** bem no meio da parede amarela. Mais uma vez olhou muito para o Dino que mudara de posição. E fechou os olhos para se ver no palacete mais caro da avenida Paulista.

(Brás, Bexiga e Barra Funda)

NACIONALIDADE

O barbeiro Tranquillo Zampinetti da rua do Gasômetro nº 224-B entre um cabelo e uma barba lia sempre os comunicados de guerra do **FANFULLA**. Muitas vezes em voz alta até. De puro entusiasmo. **La fulminante investita dei nostri bravi bersaglieri ha ridotto le posizione nemiche in un vero amazzo di rovine. Nel campo di battaglia sono restati circa cento e novanta nemici. Dalla nostra parte abbiamo perduto due cavalli ed è rimasto ferito un bravo soldato, vero eroe che si è avventurato troppo nella conquista fatta da solo di una batteria nemica.**

Comunicava ao Giacomo engraxate (**SALÃO MUNDIAL**) a nova vitória e entoava:

**Tripoli sarà italiana,
sarà italiana a rombo di cannone!**

Nesses dias memoráveis diante dos fregueses assustados brandia a navalha como uma espada:
— Caramba, come dicono gli spagnuoli!

Mas tinha um desgosto. Desgosto patriótico e doméstico. Tanto o Lorenzo como o Bruno (Russinho para a saparia do Brás) não queriam saber de falar italiano. Nem brincando. O Lorenzo era até irritante.
— Lorenzo! Tua madre ti chiama!
Nada.
— Tua madre ti chiama, ti dico!
Inútil.
— Per l'ultima volta, Lorenzo! Tua madre ti chiama, hai capito?
Que o quê.
— Stai attento que ti rompo la faccia, figlio d'un cane sozzaglione, che non sei altro!
— Pode ofender que eu não entendo! Mamãe! **Mamãe! MAMÃE!**
Cada surra que só vendo.

Depois do jantar Tranquillo punha duas cadeiras na calçada e chamava a mulher. Ficavam gozando a fresca uma porção de tempo. Tranquillo cachimbando. Dona Emília fazendo meias roxas, verdes, amarelas. Às vezes o Giacomo vinha também carregando a sua cadeira de palha grossa.
Raramente abriam a boca. Quase que para cumprimentar só:
— Buona sera, Crispino.
— Tanti saluti a casa, sora Clementina.
Mas quando dava na telha do Carlino Pantaleoni, proprietário da **QUITANDA BELLA TOSCANA**, de vir também se reunir ao grupo era uma vez o silêncio. Falava tanto que nem parava na cadeira. Andava de um lado para outro. Com grandes gestos. E era um desgraçado: citava Dante

Alighieri e Leonardo da Vinci. Só esses. Mas também sem titubear. E vinte vezes cada dez minutos. Desgraçado.
O assunto já sabe: Itália. Itália e mais Itália. Porque a Itália isto, porque a Itália aquilo. E a Itália quer, a Itália faz, a Itália é, a Itália manda.
Giacomo era menos jacobino. Tranquillo era muito. Ficava quieto porém.
É. Ficava quieto. Mas ia dormir com aquela ideia na cabeça: voltar para a pátria.
Dona Emília sacudia os ombros.

Um dia o Ferrucio candidato do governo a terceiro juiz de paz do distrito veio cabalar o voto do Tranquillo. Falou. Falou. Falou. Tranquillo escanhoando o rosto do político só escutava.
— Siamo intesi?
— No. Non sono elettore.
— Non è elettore? Ma perchè?
— Perchè sono italiano, mio caro signore.
— Ma che c'entra la nazionalità, Dio Santo? Pure io sono italiano e farò il giudice!
— Stà bene, stà bene. Penserò.
E votou com outra caderneta.
Depois gostou. Alistou-se eleitor. E deu até para cabalar.

A guerra europeia encontrou Tranquillo Zampinetti proprietário de quatro prédios na rua do Gasômetro, dois na Rua Piratininga, cabo influente do Partido Republicano Paulista e dileto compadre do primeiro subdelegado do Brás; o Lorenzo interessado da firma Vanzinello & Cia. e noivo da filha mais velha do major António Del Piccolo, membro do diretório governista do Bom Retiro; o Bruno vice-presidente da Associação Atlética Ping-Pong e primeiro anista do Ginásio do Estado.
Tranquillo agitou-se todo. Comprou um mapa das operações com as respectivas bandeirinhas. Colocou no salão o retrato da família real. Enfeitou o lustre com papel de seda tricolor.
— Questa volta Guglielmone avrà il suo!
Lorenzo noivava. Bruno caçoava.

Dona Clementina pouco ligava. Mas no dia em que o marido resolveu influenciado pelo Carlino subscrever para o empréstimo de guerra protestou indignada. Tranquillo deu dois gritos patrióticos. Dona Emília deu três econômicos. Tranquillo cedeu. E mostrou ao Carlino como explicação a sua caderneta de eleitor.

Aos poucos mesmo foi se desinteressando da guerra. E chegou à perfeição de ficar quieto na tarde em que o Bruno entrou pela casa adentro berrando como um possesso:

> **Il general Cadorna**
> **scrisse alla Regina:**
> **Si vuol vedere Trieste**
> **T'la mando in cartolina...**

E o Bruno só para moer não cantou outra coisa durante três dias.

Proprietário de mais dois prédios à rua Santa Cruz da Figueira Tranquillo Zampinetti fechou o salão (a mão já lhe tremia um pouquinho) e entrou para sócio comanditário da Perfumaria Santos Dumont.

Então já dizia em conversa no Centro Político do Brás:

— Do que a gente bisogna no Brasil, bisogna mesmo, é d'un buono governo mais nada!

E o único trabalho que tinha era fiscalizar todos os dias a construção da capela da família no cemitério do Araçá.

Quando o Bruno bacharel em ciências jurídicas e sociais pela Faculdade de Direito de São Paulo ao sair do salão nobre no dia da formatura caiu nos seus braços Tranquillo Zampinetti chorou como uma criança.

No pátio a banda da Força Pública (gentilmente cedida pelo doutor secretário da Justiça) terminava o hino acadêmico. A estudantada gritava para os visitantes:

— Chapéu! Chapéu-péu-péu!

E maxixava sob as arcadas.

Tranquillo empurrou o filho com fraque e tudo para dentro de um automóvel no largo de São Francisco e mandou tocar a toda para casa.

Dona Emília estava mexendo na cozinha quando o filho do Lorenzo gritou no corredor:
—Vovó! Vovó! Venha ver o tio Bruno de cartola!
Tremeu inteirinha. E veio ao encontro do filho amparada pelo Lorenzo e pela nora.
— Benedetto pupo mio!
Vendo os cinco chorando abraçados o filho do Lorenzo abriu também a boca.

O primeiro serviço profissional do Bruno foi requerer ao exmo. sr. dr. Ministro da Justiça e Negócios Interiores do Brasil a naturalização de Tranquillo Zampinetti, cidadão italiano residente em São Paulo.

(Brás, Bexiga e Barra Funda)

O REVOLTADO ROBESPIERRE
(SENHOR NATANAEL ROBESPIERRE DOS ANJOS)

Todos os dias úteis às dez e meia toma o bonde no largo de Santa Cecília encrencando com o motorneiro.
— Quando a gente levanta o guarda-chuva é para você parar essa joça! Ouviu, sua besta?
Gosta de todos aqueles olhares fixos nele. Tira o chapéu. Passa a mão pela cabeleira leonina. Enche as bochechas e dá um sopro comprido. Paga a passagem com dez mil-réis. Exige o troco imediatamente.
— Não quero saber de conversa, seu galego. Passe já o troco. E dinheiro limpo, entendeu? Bom.
Retém o condutor com um gesto e verifica sossegadamente o troco.
— O quê? Retrato de Artur Bernardes? Deus me livre e guarde! Arranje outra nota.

Levanta-se para dar um jeito na cinta, chupa o cigarro (Sudan Ovais por causa dos cheques), examina todos os bancos, vira que vira, começa:
— Isto até parece serviço do governo!
Pausa. Sacudidela na cabeleira leonina. Conclui:
— O que vale é que os homens um dia voltam...
Primeiro sorriso aparentemente sibilino. Passeio da mão direita na barba escanhoada. Será espinha? Tira o espelhinho do bolso. É espinha sim. Porcaria. Segundo sorriso mais ou menos sibilino. Cara de nojo.
— Não sei que raio de cheiro tem este largo do Arouche, safa!
Vira a aliança no seu-vizinho. Essa operação deixa-o meditabundo por uns instantes. Finca o olhar de sobrancelhas unidas no cavalheiro da esquerda. Esperando. O cavalheiro afinal percebe a insistência. É agora:
— Perdão. O senhor leu a última tabela do Matadouro? Viu o preço da carne de leitão por exemplo? Cinco ou seis ou não sei quantos mil-réis o quilo!
Não espera resposta. Não precisa de resposta. Berra no ouvido do velho da direita:
— É como estou lhe contando: o quilo!
Quase despenca do bonde para ver uma costureirinha na rua do Arouche. As pernas magras encolhem-se assustadas.
— O cavalheiro queira ter a bondade de me desculpar. São os malditos solavancos desta geringonça. Um dia cai aos pedaços.
Dá um tabefe no queixo mas que dê mosca? Tira um palito do bolso, raspa o primeiro molar superior direito (se duvidarem muito é fibra de manga), olha a ponta do palito, chupa o dente com a ponta da língua (tó! tó!), um a um percorre os anúncios do bonde. Ritmando a leitura com a cabeça. Aplicadamente. Raio de italiano para falar alto. Falta de educação é coisa que a gente percebe logo. Não tem que ver. O do ODOL já leu. Estava começando o da CASA VENCEDORA. Isto de preço do custo só engana os trouxas.
— Ó estupidez! O senhor já reparou naquele anúncio ali? Bem em cima da mulher de chapéu verde. CONSERTA-SE MÁQUINAS DE ESCREVER. ConserTA-SE máquinaSSS! Fan-tás-tico! Eu não pretendo por duzentos réis condução e ainda por cima trechos seletos de Camilo ou outro qualquer autor de peso, é verdade... Mas enfim...
É preciso um fecho erudito e interessante ao mesmo tempo.

— Mas enfim...

A mão procura inutilmente no ar dando voltinhas.

— Mas enfim... seu Serafim...

Fica nisso mesmo. Acerta o cebolão com o relógio do largo do Municipal. Esfrega as mãos. O guarda-chuva cai. Ergue-o sem jeito. Enfia a cartolinha lutando com as melenas. Previne os vizinhos:

— Este viaduto é uma fábrica de constipações. De constipações só? De pneumonias mesmo. Duplas!

Silêncio. Mas eloquente. Palito de fósforos é bom para limpar o ouvido. Descobre-se diante da Igreja de Santo António.

— Não está vendo, seu animal, que a mulher não se sentou ainda? Aprenda a tratar melhor os passageiros! Tenha educação!

Cumprimenta rasgadamente o doutor Indalécio Filho, subinspetor das bombas de gasolina, que passa no seu Marmon oficial e não o vê. Depois anota apressadamente o número do automóvel no verso de uma cautela do Monte de Socorro do Estado.

— O povo que sue para pagar o luxo dos afilhados do governo! Aproveite, pessoal! Vá mamando no Tesouro enquanto o povo não se levanta e manda vocês todos... nada! Mas isto um dia acaba.

Terceiro sorriso nada sibilino. Passa para a ponta. Confirma para os escritórios da I. R. F. Matarazzo:

— Ora se acaba!

Outro cigarro. Apalpa todos os bolsos. Acende-o no do vizinho. E dá de limpar as unhas com o canivete de madrepérola. Na esquina da rua Anchieta por pouco não arrebenta o cordão da campainha. Estende a destra espalmada para o companheiro de viagem:

— Natanael Robespierre dos Anjos, um seu criado.

Desce no largo do Tesouro. Faz a sua fezinha no CHALET PRESIDENCIAL (centenas invertidas). Atravessa de guarda-chuva feito espingarda o largo do Palácio.

E todos os dias úteis às onze horas menos cinco minutos entra com o pé direito na Secretaria dos Negócios de Agricultura e Comércio onde há vinte e dois anos ajuda a administrar o Estado (essa nação dentro da nação) com as suas luzes de terceiro escriturário por concurso não falando na carta de um republicano histórico.

(Laranja da China)

O PATRIOTA WASHINGTON
(DOUTOR WASHINGTON COELHO PENTEADO)

O sol ilumina o Brasil na manhã escandalosa e o doutor Washington Coelho Penteado no rosto varonil. Há trinta e oito anos Deodoro da Fonseca fundou a República sem querer. O doutor pensa bem no acontecimento e grita no ouvido do chofer:
— Toca pra Mogi das Cruzes!
Minutos antes arrancara da folhinha do EMPÓRIO UCRANIANO a folha do dia 14. Cercado pelos filhos escrevera a lápis azul na do dia 15: Viva o Brasil! E obrigara o Juquinha a tirar o gorro marinheiro porque ainda não sabia fazer continência.
Muitíssimo bem. Agora segue de Chevrolet aberto para Mogi das Cruzes. Algum dia no mundo já se viu uma manhã tão linda assim?
Eta Brasil.
Eta.

Na lapela uma bandeirinha nacional. Conservada ali desde a entrada do Brasil na grande conflagração. Ou bem que somos ou bem que não somos. O doutor é de fato: brasileiro graças a Deus. Onde desejava nascer? No Brasil está claro.
Ao lado dele a mulher é assim assim. Os filhos sabem de cor o hino nacional. Só que ainda não pegaram bem a música. Em todo o caso cantam às vezes durante a sobremesa para o doutor ouvir. A bandeira se balançando na sacada do Teatro Municipal lembra ao doutor os admiráveis versos do poeta dos ESCRAVOS.

— Sim senhor! É bem a brisa de que fala Castro Alves.
— Que brisa, Nenê?
— Nada. Você não entende.
Ele entende. E goza a brisa que beija e balança.
— O capitão Melo me afirmou que não há parque europeu que se compare com este do Anhangabaú.
— Exagero...
— Já vem você com a sua eterna mania de avacalhar o que é nosso! Pois fique sabendo...
Fique sabendo, Dona Balbina. Fique a senhora sabendo que o que é nosso é nosso. E vale muito. E vale mais que tudo. Vá escutando. Vá escutando em silêncio. E convença-se de uma vez para não dizer mais bobagens.
— Veja o movimento. E hoje é feriado, hein! Não se esqueça! Paris que é Paris não tem movimento igual. Nem parecido.
— Você nunca foi a Paris...
Isso também é demais. O melhor é não responder. Homem: o melhor é estourar.
— Meu Deus do céu! Não fui mas sei! Toda a gente sabe! Os próprios franceses confessam! Mas você já sabe: é a única pessoa no mundo que não reconhece nada, não sabe nada!
Guiados pelo fura-bolos do doutor todos os olhares se fixam na catedral em começo.
— Vai ser a maior do mundo! E gótica, compreenderam? Catedral gótica! Na cabeça.

Gostosura de descer a toda a ladeira do Carmo e cair no plano do Parque d. Pedro II.
— Seu professor, Juquinha, não lhe ensinou que D. Pedro era amicíssimo, do peito mesmo, de Victor Hugo, gênio francês?
Juquinha nem se dá ao trabalho de responder.
— Pois se não ensinou fez muito mal. Amizades como essa honram o país.
O chofer não deixa escapar um só buraco e dona Balbina põe a mão no coração. Washington Coelho Penteado toma conta do clácson.
— São um incentivo para as crianças. Quando maiores procurarão cultivá-las também.

O vento desvia as palavras do doutor dos ouvidos da família. O Chevrolet não respeita bonde nem nada. Pomba só levanta o voo quando o automóvel parece que já está em cima dela.
— Este Brás! Este Brás! Não lhes digo nada!
Dez fósforos para acender um cigarro.

Dona Balbina olha a paineira. Mesma coisa que não olhasse. Juquinha vê um negócio verde. Washington Júnior um negócio alto. O doutor mais uma prova da pujança primeira-do-mundo da natureza pátria.
Interjeição admirativa. Depois:
— Reparem só na quantidade de automóveis. Dez desde São Miguel! E nenhum carro de boi!
60 por hora.

O Chevrolet perde-se na poeira. Dona Balbina se queixa. Juquinha coça os olhos.
— Pó quer dizer progresso!
Palavras assim são ditas para a gente saborear baixinho, repetindo muitas vezes. Pó quer dizer progresso. Logo surge uma variante: Pó, meus senhores, quer dizer tão simplesmente progresso. Na antiga Grécia... Mas uma dúvida preocupa o espírito do doutor: a frase é dele mesmo ou ele leu num discurso, num artigo, numa plataforma política? Talvez fosse do Rui até. Querem ver que é do bichão mesmo? Engano. Do Rui não é. Do Epitácio, do Epitácio também não. Não é nem do Rui nem do Epitácio então é dele mesmo. É dele.
Washington Júnior com o dedo no clácson está torcendo para que apareça uma curva.

Velocidade.
— O Brasil é um gigante que se levanta. Dentro em breve...
Era uma vez um pneumático.

— Aquele telhado vermelho que vocês estão vendo é o Leprosário de Santo Ângelo.

É preciso ser bacharel e ter alguns anos de júri para descrever assim tão bem os horrores da morfeia também cognominada mal de Hansen, esse flagelo da humanidade desde os mais remotos tempos.

Dona Balbina se impressiona por qualquer coisa. Mas agora tem sua razão. Altamente patriótica e benemérita a campanha de Belisário Pena. A ação dos governos paulistas igualmente. Amanhã não haverá mais leprosos no Brasil. Por enquanto ainda há mas isso de ter morfeia não é privilégio brasileiro. Não pensem não. O mundo inteiro tem. A Argentina então nem se fala. Morfético até debaixo d'água. E não cuida seriamente do problema não. Está se desleixando. É. Está. Daqui a pouco não há mais brasileiro morfético. Só argentino. Povo muito antipático. Invejoso, meu Deus. Não se meta que se arrepende. Em dois tempos... Bom. Bom. Bom. Silêncio que a espionagem é brava.

As casas brancas de Mogi das Cruzes.

— Qual é o número mesmo daquele automóvel que está parado ali?
— P. 925.
— Veja você! P. 925!

Uma volta no largo da igreja. Parada na confeitaria para as crianças se refrescarem com MOCINHA. Olhadela disfarçada em quatro pernas de anjo. Saudação vibrante ao progresso local.

Chevrolet de novo.
— Toca pra São Paulo!
Primeira. Solavanco. Segunda. Arranco. Terceira. Aquela macieza.

— Não! Pare!
— Pra quê, Nenê?
— Uma coisa. Onde será o telégrafo?
Onde será? Que tem tem.
— O patrício pode me informar onde fica o telégrafo?
Muito fácil. Seguir pela mesma rua. Tomar a primeira travessa à direita. Passar o largo. Passar o sobradão vermelho. Virar na primeira rua à direita.
— Primeira à direita?

Primeira à direita. Depois da terceira é o prédio onde tem um pau de bandeira.

— Pau, não senhor. Bandeira desfraldada porque hoje é 15 de Novembro. Muito agradecido.

Faz a família descer também. Puxa da caneta-tinteiro, floreiozinho no ar, começa: **Exmo. Sr. Dr. Presidente da República dos Estados Unidos do Brasil. Palácio do Catete**. Vale a pena pôr a rua também? Não. O homem tem que ser conhecido por força. Bem. **Rio de Janeiro. Desta adiantada cidade tendo vindo Capital Estado uma hora dezessete minutos magnífica rodovia enviamos data tão grata corações patrióticos efusivos quão respeitosos cumprimentos erguendo viva República V. Ex.** Que tal? Ótimo, não? Só isso de **República V. Ex.** é que está meio ambíguo. Parece que a República é de S. Ex. Não está certo. A República é de todos. Assim exige sua essência democrática. Assim sim fica perfeito: **República e V. Ex.** Bravo. **Dr. Washington Coelho Penteado, senhora e filhos.**

— Quinze e novecentos.
— E eu que ainda queria pôr uma citação!
— Não precisa. Como está está muito bonito.
— É bondade sua. Uma coisinha ligeira, feita às pressas...

Enquanto o telegrafista declama os dizeres mais uma vez Washington Coelho Penteado passa os quinze mil e novecentos réis.

Em plena rodovia de repente o doutor murcha. Emudece. Dona Balbina que estava dorme-não dorme espertou com o silêncio. O doutor quieto. Mau sinal. Procurando adivinhar arrisca:

— Que é que deu em você? O preço do telegrama?

O gesto deixa bem claro que isso de dinheiro não tem a mínima importância.

Dona Balbina pensa um pouquinho (o doutor quieto) e arrisca de novo:

— Medo que o chefe saiba que você usa o automóvel de serviço todos os domingos? Domingos e dias feriados?

O gesto manda o chefe bugiar no inferno.

O Chevrolet corre atrás dos marcos quilométricos.

Só ao entrar em casa o doutor se decide a falar.
– Esqueci-me de pôr o endereço para a resposta!...
– I-DI-O-TA!
Olhem só o gozo das crianças.

(*Laranja da China*)

O FILÓSOFO PLATÃO
(SENHOR PLATÃO SOARES)

Fechou a porta da rua. Deu dois passos. E se lembrou de que havia fechado com uma volta só. Voltou. Deu outra volta. Então se lembrou de que havia esquecido a carta de apresentação para o diretor do Serviço Sanitário de São Paulo. Deu uma volta na chave. Nada. É verdade: deu mais uma.
– Nhana! Nhana! Nhana!
Nhana apareceu sem meias no alto da escada.
– Estou vendo tudo.
– Ora vá amolar o boi! Que é que você quer?
– Na gaveta do criado-mudo tem uma carta. Dentro de um envelope da Câmara dos Deputados. Você me traga por favor. Não. Eu mesmo vou buscar. Prefiro.
– Como queira.
E foi buscar. Saiu do quarto parou na sala de jantar.
– Ainda tem geleia aí, Nhana?
– No armário debaixo de uma folha de papel.
– Obrigado.
Escolheu cuidadosamente o cálice. Limpou a colherinha no lenço. Nhana ia passando com o ferro de passar. Mas não se conteve.
– Platão, Platão, você não vai falar com o homem, Platão?
– Calma. Muita calma. Glorinha entregou o ordenado?

Nhana sacudiu a cabeça:

— Sim se-nhor!

Fingiu que não compreendeu. Raspado o fundo do cálice lavou meticulosamente as mãos. E enxugou sem pressa. Dedo por dedo. Abriu a porta. Fechou. Vinha vindo um bonde a duzentos metros. Esperou. Agora o ônibus. Esperou. Agora um automóvel do lado contrário. Esperou. Olhou bem de um lado. Olhou bem de outro. Certificou-se das condições atmosféricas de nariz para o ar. Marcialmente atravessou a rua.

O poste cintado esperava os bondes com gente em volta. Platão quando ia chegando escorregou numa casca de laranja. Todos olharam. Platão equilibrou-se que nem japonês. Encarou os presentes vitoriosamente. Na lata, seus cretinos. Esfregou a sola do sapato na calçada e foi esperar em outro poste. Chegou de cabeça baixa.

— Boa tarde, Platão.

— O mesmo, Argemiro, como vai você?

— Aqui neste solão esperando o maldito **19** que não chega!

Platão cavou um arzinho risonho. Acendeu um cigarro. Disse sem olhar:

— Eu espero o ônibus da Light.

— Milionário é assim.

Primeiro deu um puxão nos punhos postiços. Depois respondeu:

— Nem tanto...

O **19** passou abarrotado. Argemiro não falava. Platão sim de vez em quando:

— Esse é um dos motivos por que eu prefiro o ônibus da Light apesar do preço. Tem sempre lugar. Depois é um Patek.

Mas era só para moer.

Argemiro deu um adeusinho e aboletou-se à larga num **19** vazio. Então Platão soltou um suspiro e pongou o **13** que vinha atrás.

Ficou no estribo. Agarrado no balaústre. Imaginando desastres medonhos. Por exemplo: cabeçada num poste. Escapando do primeiro no segundo. Impossível evitar. Era fatal. Uma sacudidela do bonde e pronto. Miolos à mostra. E será que a Nhana casaria de novo?

— O senhor dá licença?

— Toda.

Não tinha visto o lugar. Pois a mulher viu. Que danada. Toda a gente passava na frente dele. Triste sina. Tomava cocaína. Ora que bobagem.
– Ó seu Platãozinho!
A voz do Argemiro. Enfiou o rosto dentro do bonde.
– Ó seu pândego!
O cavalheiro do balaústre foi amável:
– Parece que é com o senhor.
– Olá, Argemiro, como vai você?
– Te gozando, Platãozinho querido!
Resolveu a situação descendo.
– Não tem nada de extraordinário, Argemiro. Não precisava fazer tanto escândalo. Homessa! Então eu sou obrigado a andar de ônibus só? E ainda por cima da Light? E não tendo dinheiro trocado no bolso? Homessa agora! Homessa agora!
– Até outra vez, seu bocó!
Profunda humilhação com o sol assando as costas.

Mas não é que tinha de descer ali mesmo? Praça da República, rua do Ipiranga, Serviço Sanitário. Esta agora é de primeiríssima ordem. Argemiro sem querer fez um favor. Um grande? Um grandérrimo.

Para a satisfação consigo mesmo ser completa só faltava abrir o guarda--sol. Você não quer abrir, desgraçado? Você abre, desgraçado, amaldiçoado, excomungado. Abre nada. Nunca viu, seu italianinho de borra? Guarda-sol, guarda-sol, não me provoque que é pior. Desgraçado, amaldiçoado, excomungado. Platão heroicamente fez mais três tentativas. Qual o quê. Foi andando. Batia duro com a ponteira na calçada de quadrados. De vingança. Se duvidarem muito as costas já estão fumegando. Depois asfalto foi feito ES-PE-CI-AL-MEN-TE para aumentar o calor da gente. Platão parou. Concentrou toda a sua habilidade na ponta dos dedos. É agora. Não é não. Vamos ver se vai com jeito. Guarda-solzinho de meu coração, abra, sim meu bem? Com delicadeza se faz tudo. Você não quer mesmo abrir, meu amorzinho? Está bem. Está bem. Paciência. Fica para outra vez. Você volta pro cabide. Cabide é o braço. Que coisa mais engraçada.

Rua do Ipiranga. Eta zona perigosa. Platão não tirava os olhos das venezianas. Só mulatas. Eta zona estragada.
– Entra, cheiroso!

— Sai, fedida!

Que resposta mais na hora, Nossa Senhora. É longe como o diabo esse tal de Serviço Sanitário. Pensando bem.

— Boa tarde, Seu Platão, como vai o senhor?

— Ó dona Eurídice, como vai passando a senho... ora que se fomente!

Olhou para trás. Não ouviu. Que ouvisse. Parou diante da placa dourada. Sem saber se entrava ou não. Não será melhor não? Tanta escada para subir, meu Deus.

O tição fardado chegou na porta contando dinheiro.

— O doutor diretor já terá chegado?

— Parece que ainda não chegou, não senhor.

Aí resolveu subir.

— O doutor diretor ainda não chegou?

O cabeça-chata custou para responder.

— Chegou, sim senhor. Quer falar com ele?

— Ah, chegou?

O cabeça-chata papou uma pastilha de hortelã-pimenta e falou:

— Agora é que eu estou reparando... o seu Platão Soares... Sim senhor, seu Platão. Desta vez o senhor teve sorte mesmo: encontrou o homem. Vá se sentando que o bicho hoje atende.

Platão deu uma espiada na sala.

— Chi! Tem uns dez antes de mim.

— Paciência, não é?

Platão se abanava com o chapéu-coco. Triste. Triste. Triste.

— Que é que você está chupando?

— Eu? Eunãoestouchupandonadanãosenhor!

Platão deu um balanço na cabeça.

— Sabe de uma coisa? Aai!... Eu volto amanhã...

— O senhor dá licença de um aparte, seu Platão? Eu se fosse o senhor não deixava para amanhã não. O senhor já veio aqui umas dez vezes?

— Não tem importância. Eu volto amanhã.

— Admiro o senhor, seu Platão. O senhor é um FI-LÓ-SO-FO, seu Platão, um grande FI-LÓ-SO-FO!

— Até amanhã.

— Se Deus quiser.

Desceu a escada devagarzinho. Tirando a sorte. Pé direito: volto. Pé esquerdo: não volto. Foi descendo. Volto, não volto, volto, não volto, vol... to, não vol... to, VOL... TO! Parou. Virou-se. Mediu a escada. Virou-se. Olhou a rua. É verdade: e o degrau da soleira da porta? Mais um não volto. Mais um. Porém para chegar até ele justamente um passo: volto. Aí está. Azar. O que se chama azar. Platão retesou os músculos armando o pulo. Deu. De costas na calçada. A mocinha que ia chegando com a velhinha suspendeu o chapéu. A velhinha suspendeu o guarda-sol. O chofer do outro lado da rua suspendeu o olhar. Platão Soares finalmente suspendeu o corpo. Ficou tudo suspenso. Até que Platão muito digno pegou o chapéu. Agradeceu. Ia pegando o guarda-sol. A velhinha quis fechá-lo primeiro.

– Não, minha senhora! Prefiro assim mesmo aberto, por favor. Muito agradecido. Muito agradecido.

De guarda-sol em punho deu uns tapinhas nas calças. Depois atravessou a rua. Parou diante do chofer. Coisa mais interessante ver mudar um pneumático.

E não demorou muito:

– Eu se fosse o senhor levantava um pouquinho mais o macaco, não acredita?

(*Laranja da China*)

A APAIXONADA ELENA
(SENHORINHA ELENA BENEDITA DE FARIA)

– Quem é que me leva hoje no Literário?
Ficou esperando a resposta.
Dona Maria da Glória fazia uns desenhos na toalha com a ponta do garfo. Achando muita graça na história do Dico. Esses meninos. Mas o melhor ainda não tinha sido contado: a negra perdeu a paciência e meteu a mão na cara do gerente. A rapaziada por pândega fez uma subscrição e deu

uns dois mil e tanto para a negra. E a polícia? Que polícia? Negra decidida está ali.

— Quem é que me leva hoje no Literário, mamãe?

Ficou esperando a resposta.

Dona Maria da Glória falou:

— Vamos para outra sala que aqui está calor demais.

Dico pôs no Panatrope o **Franckie and Johnny**. E diante do aparelho ensaiava uns passos complicados. Pé direito atrás. Batida de calcanhares. Pé direito na frente. Batida de calcanhares. Saiu andando que nem cavalo de circo.

Elena sentou-se, abriu a revista diante do rosto, pôs uma perna em cima da outra.

— Tenha modos, menina!

Suspirou, descruzou as pernas. Dico foi se chegando. Deu um tabefe na revista, fugiu de banda deslizando.

— Chorando! Que é que ela tem, mamãe?

— Sei lá. Bobagens. Pare com essa dança que me estraga o encerado.

Elena levantou-se e as lágrimas caíram.

— Onde é que vai? Sente-se aí!

Dico parou a música. Foi ficar diante da irmã de beiço caído.

— As lágrimas da mártir.

Dona Maria mandou que o Dico ficasse quieto, não amolasse nem fosse moleque. E mandou Elena enxugar as lágrimas que já estavam incomodando. Dico jogou o lenço no colo da irmã. Elena jogou o lenço no chão por desaforo. Enxugou com a gola da blusa.

— Sou mesmo uma mártir, pronto!

Os olhares da mãe e do irmão encontraram-se bem em cima do vaso de flores de vidro. Despediram-se e se foram encontrar de novo nos olhos molhados da mártir Elena. O doutor Zózimo veio lá de dentro escovando os dentes. Sacudiu a cabeça para a mulher: Que é que há? A mulher esticou o queixo e abriu os braços: Não sei não!

— Malvados! Não querem me levar no Literário!

— Quem é que não quer?

— Vocês!

Então o doutor Zózimo voltou lá para dentro babando espuma. O Dico pegou o chapéu, beijou o rosto da mãe, curvou-se diante da irmã, fez umas

piruetas e saiu cantando o **Pinião**. Dona Maria da Glória tirou o cachorro do colo. Depois deu uma mirada vaga assim em torno. Depois penteou o cabelo com os dedos. Finalmente bocejou e disse:
— Não seja boba, menina!
E foi embora.
O ruído da rua. O sol entrando pela porta aberta que dava para o terraço. Batiam pratos na copa. O cachorro latindo para o doutor Zózimo. Esta mesa seria mais bonita se fosse mais baixa.
Elena espreguiçou-se e pôs no Panatrope um disco bem chorado dos Turunas da Mauriceia.

— Que vestido eu visto, mamãe?
— O azul.
Foi. Demorou um pouco. Voltou.
— Está todo amassado, mamãe.
— Então o verde.
— Com aqueles babados?
E repetiu:
— Com aqueles babados indecentes?
E tornou a repetir:
— Com aqueles babados indecentes, horrorosos, imorais?
Dona Maria da Glória estava na página dos anúncios.
— Em que vapor partiu a Dulce mesmo?
— Como é que a senhora quer que eu me lembre?
— Não seja insolente!
Fechou-se no quarto. Cinco minutos se tanto. Abriu a porta. Disse da porta:
— Eu vou pôr o novo futurista.
— Ponha o verde já disse!
— Ó desgraça, meu Deus!
Se o Zózimo continuasse a não fazer caso ela como mãe estava decidida: curaria aquele nervosismo a chinelo.

A toda hora olhava o ponteiro dos minutos. Já querendo ir embora. Vinte para as oito. Às oito acaba com o hino nacional. No fundo dança não passa de uma senvergonhice muito grande. A gente conta na certa com uma coisa: vai a coisa não acontece. As primas não paravam sentadas. Há moças que tiram seus pares de longe: é um jeito de olhar.

Voltar para casa, ler na cama a revista de Hollywood, procurar dormir. Com aquele calorão. E amanhã bem cedo: dentista. A vida é pau. Dez para as oito.

Dez para as oito Firmianinho apareceu. Começou a inspeção pelo lado esquerdo. Foi indo. No canto direito parou. Veio vindo. Chegou. Enfim chegou.

– Boa noite.

– Boa noite.

Tanta aflição antes e agora este silêncio. Dançavam empurrados. Não valeu de nada ter preparado a conversa. Tinha uma pergunta para fazer. Não era bem uma pergunta. Endireitando o busto parecia que se dominava. Felizmente repetiram o maxixe.

– Sabe que comprei um Reo? 22.222.

– Bonitinho?

– Assim assim. Dezoito contos.

Para que dizer o preço? Matou a conversa no princípio. Não tendo coragem de ver precisava perguntar. Então imaginava um modo, imaginava outro cada vez mais nervosa. E dançavam. O maxixe está com jeito de estar acabando. Perguntava agora. Daqui a pouco. No finzinho. Não perguntaria: olharia e pronto. O hino nacional continuou o maxixe.

– Tirou as costeletinhas?

– Ainda não viu?

Ora que resposta.

Quando pararam junto das primas dela ele virou bem o rosto de propósito. Tirou sim. Agora sim. Isso sim.

Despediram-se com muita alegria.

Chegou em casa foi direitinho para o quarto. Tirou o chapéu em frente do espelho. Guardou a bolsa. Ia tirar o vestido de bordados indecentes, horrorosos, imorais. Mas se jogou na cama com os olhos cheios de lágrimas.

(*Laranja da China*)

O INTELIGENTE CÍCERO
(MENINO CÍCERO JOSÉ MELO DE SÁ RAMOS)

Dois dias depois da chegada de Cícero ao mundo (garoava) o DIÁRIO POPULAR escreveu: **Acha-se em festas o venturoso lar do nosso amigo senhor major Manuel José de Sá Ramos, conhecido fabricante do molho João Bull e da pasta dentifrícia Japonesa, e de sua gentilíssima consorte dona Francisca Melo de Sá Ramos, com o nascimento de uma esperta criança do sexo masculino que receberá na pia batismal o nome de Cícero. Felicitamos muito cordialmente os carinhosos pais.** O major foi pessoalmente à redação levar os agradecimentos dos carinhosos pais e no dia seguinte o órgão da opinião pública registrou a visita referindo-se mais uma vez à esperteza congênita de Cícero.

Quando o pequeno fez dois anos passou a ser robusto. Quando fez quatro foi promovido pelo DIÁRIO POPULAR a inteligente e mui promissor menino.

Nesse dia dona Francisca achou que era chegado o momento de ensinar ao Cícero **O estudante alsaciano**. Seis estrofes mais ou menos foram decoradas. E a madrinha dona Isolina Vaz Costa (cuja especialidade era doce de ovos) foi de parecer que quanto à dicção ainda não está visto mas quanto à expressão Cícero lembrava o Chabi Pinheiro. No entanto advertiu que do meio para o fim é que era mais difícil. Principalmente quando o heroico rapazinho desabotoava virilmente a blusa preta e gritava batendo no peito: Aqui dentro, aqui é que está a França!

Cícero na véspera do Natal de seus cinco anos às sete horas da noite estava entretido em puxar o rabo do Biscoito quando dona Francisca veio buscá-lo para dormir. Cícero esperneou, berrou, fugiu e meteu-se embaixo da mesa da sala de jantar. Foi pescado pelas orelhas. Carregado até a cama.

Dona Francisca tirou a roupa dele, enfiou-o no macacão e disse:
— Vá dizer boa-noite para papai.

Beijada a mão do major (que decifrava umas charadas do MALHO) voltou. E dona Francisca então falou assim:

— Olhe aqui, meu filhinho. Tire o dedo do nariz. Olhe aqui. Você agora vai pôr seu sapatinho atrás da porta (compreendeu?) para São Nicolau esta noite deixar nele um brinquedo para o meu benzinho.
Cícero obedeceu correndo.
— Bom. Agora reze com mamãe para Nossa Senhora proteger sempre você.
Rezou sem discutir.
— Assim sim que é bonito. Não meta o dedo no nariz que é feio. E durma bem direitinho para São Nicolau poder deixar um brinquedo bem bonito.
Cícero no escuro deu de pensar no presente de São Nicolau. E resolveu indicar ao santo o brinquedo que queria por causa das dúvidas. Não confiava no gosto do santo não. Na sua cabeça os soldados vistos de manhã marchavam com a banda na frente. E disse baixinho:
— São Nicolau: deixe uma espingardinha.
Virou do lado direito e dormiu de boca aberta.
Às sete da manhã encontrou um brinquedo de armar atrás da porta. Ficou danado. Deu um pontapé no brinquedo. E chorou na cama apertando o dedão do pé.

Na véspera do Natal de seus seis anos às sete e meia da noite estava Cícero matando moscas na copa quando o major veio chamá-lo para dormir. Ranzinzou. Choramingou. Quis escapar. Foi seguro por um braço e posto a muque na cama. Dona Francisca já esperava afofando o travesseiro.
— Fique quietinho, meu filho, que é para São Nicolau trazer um brinquedo para você.
Não quis ouvir mais nada. Arrancou os sapatos e foi mais que depressa deixar atrás da porta. Mas depois ficou algum tanto macambúzio. Coçando a barriga e tal.
— Que é que você tem? Mostre a língua.
Com má vontade mas mostrou. Dona Francisca verificou o seu aspecto saudável.
— Vá. Diga para sua mamãe que é que você tem.
— Como o da outra vez eu não quero mesmo.
— Não quer o quê?
— O brinquedo...

Dona Francisca riu muito. Beijou a cabecinha do Cícero. Foi buscar um lenço. Encostou no nariz do filho.
— Assoe. Com bastante força. Assim. De novo. Está bem. Agora me diga direitinho que brinquedo você quer que São Nicolau traga.
— Não.
— Diga sim, minha flor, para mamãe também pedir.
— Não.
— Então mamãe apaga a luz e vai embora. Depois que ela sair o meu filhinho ajoelha na cama e diz bem alto o presente que ele quer para São Nicolau poder ouvir lá do céu. Dê um beijinho na mamãe.

Não ajoelhou não. Ficou em pé em cima do travesseiro, ergueu o rosto para o teto e berrou:
— Eu quero um tamborzinho, São Nicolau! Ouviu? Também um chicotinho e uma cornetinha! Ouviu?

Dona Francisca ouviu. E o major logo de manhãzinha levou uma cornetada no ouvido. Pulou da cama indignadíssimo. Porém o tambor já ia rolando pelo corredor. O chicotinho foi reservado para o Biscoito.

Cícero na véspera do Natal de seus sete anos às oito horas da noite estava beliscando os braços da Guiomar quando dona Francisca (regime alemão) apareceu na porta da cozinha para mandá-lo dormir. Escondeu-se atrás da Guiomar.
— Depois, mamãe, depois eu vou!
— Já e já!

O rugido do major daí a segundos decidiu-o.

Sentado na cama bebeu umas lágrimas, fez um ligeiro exercício de cuspo tendo por alvo o armário, vestiu a camisola e veio descalço até o escritório beijar a mão do papai e da mamãe. Dona Francisca voltou com ele para o quarto. Sentou-o no colo.
— Você já pôs os sapatos atrás da porta?

Cícero fez-se de desentendido.
— Eu sou paulista mas... de Taubaté!
— Agora não é hora de cantar. Responda.
— Atrás da porta não cabe.

Dona Francisca não podia compreender.
— Não cabe o quê?
— O que eu quero.
— Que é que você quer?
Cícero começou a contar nos dedos.
— Um-dois, feijão com arroz! Três-quatro...
— Responda!
— Ara, mamãe...
— Diga. Que é?
— Ara...
— Não faça assim. Diga!
Foi barata que entrou ali debaixo do armário?
— Eu quero... Ah! mamãe, eu não quero dizer...
— Se você não disser São Nicolau castiga você.
— Quando é que a gente vai na chácara de titio outra vez?
Dona Francisca apertou os braços do menino.
— Assim machuca, mamãe! Eu quero um automóvel igual ao de titio, pronto!
— Que é isso, Cícero? Um Ford? Pra quê? Você é muito pequeno ainda para ter um Ford.
— Mas eu quero, pronto!

Dona Francisca deixou o filho muito preocupada e foi confabular com o major. Mas o major (premiado com um estojo Gillette no concurso charadístico do MALHO) achou logo a solução do problema.
— Tenho uma ideia genial.

Tapou a ideia com o chapéu e saiu. Dona Francisca ninava o corpo na cadeira de balanço louca para adivinhar.

Às sete horas da manhã Cícero sem sair da cama encompridou o pescoço para examinar um automóvel deste tamanhinho parado no meio do quarto. Meio tonto ainda deu um pulo e foi ver o negócio de perto. Em cima do volante tinha um bilhete escrito à máquina: **Meu querido Cícero. Dentro de meu cesto não cabia um automóvel grande como você pediu. Por isso deixo este que é a mesma coisa. Tenha sempre muito juízo e seja bonzinho para seus pais.** (a) **S. Nicolau.**

Não vê. Cícero soltou dois ou três berros que levantaram no travesseiro os cabelos cortados de dona Francisca. O major enfiou os pés nos chinelos e foi ver o que havia. Cícero pulava de ódio.

— Mas você não viu o bilhete, meu filhinho? Quer que eu leia para você?

— Eu não quero essa porcaria!

O major encabulou e se ofendeu mesmo. Dona Francisca veio também saber da gritaria.

— Mas então, Cícero! Não chore assim. Você chorando São Nicolau nunca mais traz um presente para você.

— Eu não preciso de nada!

O major já alimentava a sinistra ideia de passar um dos chinelos do pé para a mão. Dona Francisca pelo contrário ameigava a voz.

— Ah, meu benzinho, assim você deixa mamãe triste! Não chore mais.

O major foi se aproximando do filho assim como quem não quer.

— Deixe, Neco. Agradando se arranja tudo.

Do lado de lá da cama o Cícero desesperado da vida. Do lado de cá os carinhosos pais falando alternadamente. Sobre a cama (já com um farol espatifado) o pomo da discórdia.

— São Nicolau é velhinho, não pode carregar um cesto muito grande...

— E depois por grandão que fosse não podia caber um Ford de verdade dentro dele...

— É. E se cabesse...

— Se coubesse, Francisca!

— ...se coubesse São Nicolau não aguentaria com o peso...

— Está cansado, não tem mais força.

Cícero foi retendo a choradeira. Levantou a camisola para enxugar as lágrimas.

— Não fique assim descomposto!

Os últimos soluços foram os mais doídos para engolir. Mas parecia convencido.

— Então? Não chora mais?

Assumiu uns ares meditabundos. Em seguida pôs as mãos na cintura. Ergueu o coco. Pregou os olhos no pai (o major sem querer estremeceu). Disse num repente:

— Se ele não podia com o peso por que não deixou o dinheiro para eu comprar o Fordinho então?

Nem o major nem dona Francisca tiveram resposta. Ficaram abobados. Berganharam olhares de boca aberta. O major piscava e piscava. Sorrindo. Procurou alcançar o filho contornando a cama. Cícero farejou uns cocres e foi se meter entre o armário e a janela. Fazendo beicinho. Tremendo encolhido.

— Não dê em mim, papai, não dê em mim!

Mas o major levantou-o nos braços. Sentou-se na beirada da cama com ele no colo. Cícero. Apertou-lhe comovidamente a cabeça contra o peito. Olhando para a mulher traçou com a mão direita três círculos pouco acima da própria testa. Depois mordeu o beiço de baixo e esbugalhou os olhos para o teto. Cícero. Dona Francisca sorriu apertando os olhos:

— Veja você, Neco!

— Estou vendo! E palavra que tenho medo!

Dona Francisca não entendeu. E o major então começou a explicar.

(Laranja da China)

A INSIGNE CORNÉLIA
(DONA CORNÉLIA CASTRO FREITAS)

O sol batia nas janelas. Ela abriu as janelas. O sol entrou.

— Nove horas já, Orozimbo! Quer o café?

— Que mania! Todos os dias você me pergunta. Quero, sim senhora!

Não disse palavra. Endireitou a oleogravura de Teresa do Menino Jesus (sempre torta) e seguiu para a cozinha. O café já estava pronto. Foi só encher a xícara, pegar o açúcar, pegar o pão, pegar a lata de manteiga, pôr tudo na bandeja. Mas antes deu uma espiada no quarto do Zizinho. Deu um suspiro. Fechou a porta à chave. Foi levar o café.

— E a FOLHA?

— Acho que ainda não veio.
— Veio, sim senhora! Vá buscar. Você está farta de saber...
Para que ouvir o resto? Estava farta de saber. Trouxe a FOLHA. Voltou para a cozinha.
— Aurora! Ó Aurora!
Pensou: essa pretinha me deixa louca.
— Onde é que você se meteu, Aurora?
Pensou: só essa pretinha?
Começou a varrer a sala de jantar. E a resolver o caso da Finoca. O médico quer tentar de novo as injeções. Mas da outra vez deram tão mal resultado. Será que não prestavam? Farmácia de italiano não merece confiança. Massagem é melhor: se não faz bem mal não faz. Só se doer muito. Então não. Chega da coitadinha sofrer.
— A senhora me chamou?
Tantas ordens. Esperar a passagem do verdureiro. Comprar alface. Não: alface dá tifo. Escolher uma abobrinha italiana, tomates e um molho de cheiro. Lavar a cozinha. Passar o pano molhado na copa. Matar um frango. Fazer o caldo da Finoca. Não se esquecer de ir ali no seu Medeiros e encomendar uma carroça de lenha. Mas bem cheia e para hoje mesmo sem falta.

A indignação de Orozimbo com os suspensórios caídos subiu ao auge:
— Porcaria de casa! Não tem um pingo de água nas torneiras!
— Na cozinha tem.
Encheu o balde. Levou no banheiro.
— Por que não mandou a Aurora trazer?
— Não tem importância.
Pisando de mansinho entrou no quarto da Finoca. Ajeitou a colcha. Pôs a mão na testa da menina. Levantou a boneca do tapete. Sentou-a na cadeira. Endireitou o tapete com o pé. Apesar de tudo saiu feliz do quarto da Finoca.
— Então?
— Sem febre.
— Não era sem tempo. O Zizinho já se levantou?
Deu de varrer desesperadamente. Orozimbo olhava sentado com os cotovelos fincados nas pernas e as mãos aparando o rosto. Os chinelos de Cornélia eram de pano azul e tinham uma flor bordada na ponta. Vermelha

com umas coisas amarelas em volta. Antes desses que chinelos ela usava mesmo? Não havia meio de se lembrar. De pano não eram: faziam nhec-nhec. De couro amarelo? Seriam?

– Como eram aqueles chinelos que você tinha antes, hein, Cornélia?
– Por que você quer saber?
– Por nada. Uma ideia. Diga.
– Não me lembro.

Está bem. Levantou-se. Espreguiçou-se. Deu dois passos.

– Onde é que vai?
– Ver se o Zizinho está acordado.

Cornélia opôs-se. Deixasse o menino dormir, que diabo. Só entrava no serviço às onze horas. Tinha tempo. Depois a Aurora estava lavando a cozinha. Molhar os pés logo de manhã cedo faz mal. Quanto mais ele que vivia resfriado. Não fosse não.

– Vou sim. Tem de me fazer um serviço antes de sair.

Cornélia ficou apoiada na vassoura rezando baixinho. Prontinha para chorar. E ouvia as sacudidelas no trinco. E os berros do marido. Depois o silêncio sossegou-a. Recomeçou a varrer com mais fúria ainda.

Orozimbo entrou judiando do bigode. Deu um jeito no cós das calças e arrancou a vassoura das mãos da mulher.

– Que é isso, Orozimbo? Que é que há?
– Há que o Zizinho não dormiu hoje em casa e há que a senhora sabia e não me disse nada!
– Não sabia.
– Sabia! Conheço você!
– Não sabia. Depois ele está no quarto.
– A chave não está na fechadura!
– Então já saiu.
– E fechou a porta! Para quê, faça o favor de me dizer, para quê?

Então Cornélia puxou a cadeira e atirou-se nela chorando. Orozimbo andava, parava, tocava piano na mesa, andava, parava. Começava uma frase, não concluía, assoprava a ponta do nariz, começava outra, também não concluía. Parou diante da mulher.

– Não chore. Não adianta nada.

Depois disse:

– Grande cachorrinho!

E foi pôr o paletó.

Cornélia enxugou os olhos com as mãos. Enxugou as mãos na toalha da mesa. Ficou um momento com o olhar parado na **Ceia de Cristo** da parede. Muito cautelosamente caminhou até o quarto do Zizinho. Tirou a chave do bolso do avental. Abriu a porta. Começou a desfazer a cama depressa. Mas quando se virou deu com o Zizinho.

– Ah seu... Onde é que você andou até agora?
– Quem? Eu?
– Quem mais?
– Eu? Eu fui a Santos com uns amigos...
– Você está mentindo, Zizinho.
– Eu, mamãe? Não estou, mamãe. Juro.
– Vá jurar para seu pai.

Zizinho tirou o chapéu. Sentou-se na cama. Esfregava as mãos. Maria olhava para ele sacudindo a cabeça.

– Por que que a senhora mesma não explica para papai, hein? Faça esse favorzinho para seu filho, mamãe.

Disse que não e deixou o filho no quarto bocejando.

Orozimbo quando soube da chegada do Zizinho quis logo ir arrancar as orelhas do borrinha. Mas ameaça ir – resolve ir depois, resolve ir mesmo – precisa ficar por causa das lágrimas da mulher, precisa dar uma lição no pestinha – a raiva vai diminuindo: não foi. Seja tudo pelo amor de Deus. Depois se o menino virasse vagabundo de uma vez, apanhasse uma doença, fosse parar na cadeia, ele não tinha culpa nenhuma. A culpa era todinha de Cornélia. Ele, o pai, não queria responsabilidades.

– Você não almoça?
– Vou almoçar com o Castro. Eu lhe disse ontem.
– Tem razão.
– Mas não se acabe dessa maneira!
– Não. Até logo.
– Até logo.

Zizinho jurou que outra vez que tivesse de ir para Santos com os amigos avisava os pais nem que fosse à meia-noite. E Cornélia estalou uns ovos para ele. Estavam ali na mesa satisfeitos porque tudo se acomodou bem.

— A senhora não come?
— Não. Estou meio enjoada.

Finoca de vez em quando levantava um gemido choramingado no quarto e ela corria logo. Não era nada graças a Deus. Coisas da moléstia.

Antes de sair Zizinho fez outra promessa de cigarro aceso: assim que chegasse na Companhia iria pedir perdão ao pai. Daria esse contentamento ao pai.

Tudo se acomodou tão bem. Cornélia ajudada pela Aurora pôs a Finoca na cadeirinha de rodas.

— Mamãe leva o benzinho dela no sol.

Costurar com aquela luz nos olhos.

— Mamãe, leia uma história pra mim.

Livro mais bobo.

— É melhor você brincar com a boneca.

— Não, mamãe. Eu quero que você leia.

A formiguinha pôs o vestido mais novo que tinha e foi fiar na porta da casa. Fiar criança brasileira não sabe o que é: e a formiguinha toda chibante foi costurar na porta da casa dela. O gato passou e perguntou pra formiguinha: Você quer casar comigo, formiguinha? A formiguinha disse: Como é que você faz de noite?

— Miau-miau-miau!

— Viu? Você já sabe todas as histórias.

— Mas leia, mamãe, leia.

A costura por acabar. Tanta coisa para fazer. Um enjoo impossível no estômago. A formiguinha preparou as iguárias ou as iguarias?

Aurora ficou toda assanhada quando viu quem era.

— Ó dona Isaura! Como vai a senhora, dona Isaura?

— Bem. Você está gorda e bonita, Aurora.

— São seus olhos, dona Isaura! Muito obrigada!

O vestido vermelho foi furando a casa até o terraço do fundo. Não quis sentar-se. Era um minuto só. Mexia-se. Virava de uma banda. De outra.

— Eu vim lhe pedir um grande favor, Cornélia.

Aurora encostada no batente da cozinha escutava enlevada.

— Vá fazer seu serviço, rapariga!

Não foi sem primeiro ganhar um sorriso e guardar bem na cabeça o feitio do vestido. Atrás principalmente.

— Você não imagina como estou nervosa!

— Mamãe como vai?

— Vai bem. Mas não é mamãe não. É a Isaurinha. Você não pode imaginar como a Isaurinha está impertinente, Cornélia. É um horror! Quase me acaba com a vida! Hoje de manhã não quis tomar o remédio. E agora às duas horas tem que tomar justamente aquele que ela mais detesta. Só em pensar, meu Deus!...

Até Finoca sorria com a boneca no colo. Isaura abriu a bolsa e passou uma revista demorada no rosto e no chapéu levantando e abaixando o espelhinho.

— Titia está muito bonitinha.

Virou-se de repente, fechou a bolsa e fez uma carícia na cabeça da menina.

— Que anjo! Olhe aqui, Cornélia. Eu queria que você por isso me fizesse a caridade (olhe que é caridade) de dar daqui a pouco um pulo lá em casa. Isaurinha com você perto toma o remédio e fica sossegada. Tem uma verdadeira loucura por você, não compreendo!

Cornélia que estava implicando com a toalha de banho ali no terraço levantou-se, pegou a toalha, dobrou, chamou a Aurora, mandou levar a toalha no banheiro. Aurora foi recuando até a sala de jantar.

— E você, Isaura, onde se atira?

— Eu? Ah! Eu vou, imagine você, eu tenho cabeleireiro justamente às duas horas. Mas você me faz o favor de ir ver a Isaurinha, não faz?

— E a Finoca?

Isaura deu logo a solução:

— Você leva na cadeira mesmo. Põe no automóvel.

— Que automóvel?

Pensou em oferecer o dinheiro. Mas desistiu (podia ofender, Cornélia é tão esquisita) e disse:

— No meu! Ele me leva na cidade, depois vem buscar vocês.

— Está bem.

Deixaram a menina no terraço e foram para o quarto de Cornélia. Isaura estava entusiasmada com a companhia de revistas do Apolo. Cornélia não podia imaginar. Que esperança. Nem Cornélia nem ninguém. Só indo ver mesmo. Era uma maravilha. Na última peça principalmente tinha um quadro que nem em cinema podiam fazer igual. Toda a gente reconheceu. Chamado **No reino da quimera**. Quando a cortina se abria aparecia um quarto iluminado de roxo (uma beleza) com uma mulher quase nua deitada num sofá e fumando num cachimbo comprido. Bem comprido e fino. Era um tango: **Fumando espero**. Ahn? Que lindo, hein? Depois entrava um homem elegantíssimo com a cara do Adolfo Menjou. Mas a cara igualzinha. Uma coisa fantástica. Outro tango (bem arrastado): **Se acabaron los otarios**.

Cornélia passou a mão na testa, caiu na cadeira diante do toucador.
— Que é que você tem?
— Nada. Um ameaço de tontura.
— Você não almoçou?
— Não. Nem o cheiro da comida eu suporto...
Isaura olhou bem para a irmã. Teve pena da irmã.
— Será possível, Cornélia?
Levantou a testa da mão. Deixou cair a testa na mão.

Então Isaura não se conteve e começou a dar conselhos em voz baixa. Não fosse mais boba. Havia um meio. E mais isto. E mais aquilo. Não tinha perigo não. Fulana fazia assim. Sicrana também. Ela Isaura (nunca fez, não é?) mas se precisasse faria também, por que não? Ninguém reparava. Pois está claro. Religião. Que é que tem religião com isso? Estarem ali se sacrificando? Não.

Mas Cornélia ergueu o olhar para a irmã, fez um esforço de atenção:
— Não é o choro da Finoca?
Não era. Parecia que sim. Era sim. Não era. Era no vizinho.
— E então?
— Isso é bom para as mulheres de hoje, Isaura. Eu sou das antigas...
Insensivelmente a gente abaixa os olhos.
— Está bem. Desculpe. Não se fala mais nisso. Até loguinho, Cornélia. Eu mando o automóvel já. Até loguinho. E muito obrigada, sabe?

A irmã já estava longe quando ela respondeu devagarzinho:
— Ora... de nada...

(*Laranja da China*)

O MÁRTIR JESUS
(SENHOR CRISPINIANO B. DE JESUS)

De acordo com a tática adotada nos anos anteriores Crispiniano B. de Jesus vinte dias antes do Carnaval chorou miséria na mesa do almoço perante a família reunida:

– As coisas estão pretas. Não há dinheiro. Continuando assim não sei aonde vamos parar!

Fifi que procurava na Revista da Semana um modelo de fantasia bem bataclan exclamou mastigando o palito:

– Ora, papai! Deixe disso...

A preta de cabelos cortados trouxe o café rebolando. Dona Sinhara coçou-se toda e encheu as xícaras.

– Pra mim bastante açúcar!

Crispiniano espetou o olhar no Aristides. Espetou e disse:

– Pois aí está! Ninguém economiza nesta casa. E eu que aguente o balanço sozinho!

A família em silêncio sorveu as xícaras com ruído. Crispiniano espantou a mosca do açucareiro, afastou a cadeira, acendeu um Kiss-Me-De-Luxo, procurou os chinelos com os pés. Só achou um.

– Quem é que levou meu chinelo daqui?

A família ao mesmo tempo espiou debaixo da mesa. Nada. Crispiniano queixou-se duramente da sorte e da vida e levantou-se.

– Não pise assim no chão, homem de Deus!

Pulando sobre um pé só foi até a salinha do piano. Jogou-se na cadeira de balanço. Começou a acariciar o pé descalço. A família sentou-se em torno com a cara da desolação.

– Pois é isso mesmo. Há espíritos nesta casa. E as coisas estão pretas. Eu nunca vi gente resistente como aquela da Secretaria! Há três anos que não morre um primeiro-escriturário!

Maria José murmurou:

– É o cúmulo!

Com o rosto escondido pelo jornal Aristides começou pausadamente:

— Falecimentos. Faleceu esta madrugada repentinamente em sua residência à rua Capitão Salomão nº 135 o senhor Josias de Bastos Guerra, estimado primeiro-escriturário da...
Crispiniano ficou pálido.
— Que negócio é esse? Eu não li isso não!
Fifi já estava atrás do Aristides com os olhos no jornal.
— Ora bolas! É brincadeira de Aristides, papai.
Aristides principiou uma risada irritante.
— Imbecil!
— Não sei por quê...
— Imbecil e estúpido!
Da copa vieram gritos e latidos desesperados. Dona Sinhara (que ia também descompor o Aristides) foi ver o que era. E chegaram da copa então uivos e gemidos sentidos.
— O que é, Sinhara?
— Não é nada. O Totónio brigando com Seu-Mé por causa do chinelo.
— Traga aqui o menino e ponha o cachorro no quintal!
O puxão nas orelhas do Totónio e a reconquista do chinelo fizeram bem a Crispiniano. Espreguiçou-se todo. Assobiou mas muito desafinado. Disse para a Fifi:
— Toque aquela valsa do Nazareth que eu gosto.
— Que valsa?
— A que acaba baixinho.
Carlinhos fez o desaforo de sair tapando os ouvidos.

As meninas iam fazer o corso no automóvel das odaliscas. Ideia do Mário Zanetti pequeno da Fifi e primogênito louro do Seu Nicola da farmácia onde Crispiniano já tinha duas contas atrasadas (varizes da Sinhara e estômago do Aristides).
Dona Sinhara veio logo com uma das suas:
— No Brás eu não admito que vocês vão.
— Que é que tem de mais? No carnaval tudo é permitido...
— Ah! é? Eta falta de vergonha, minha Nossa Senhora!
Maria José (segunda-secretária da Congregação das Virgens de Maria da paróquia) arriscou uma piada pronominal:

— Minha ou nossa?
— Não seja cretina!
Jogou a fantasia no chão e foi para outra sala soluçando.
Totónio gozou esmurrando o teclado.

O contínuo disse:
— Macaco pelo primeiro.
Abaixou a cabeça vencido. Sim, senhor. Sim, senhor. O papel para informar ficou para informar. Pediu licença ao diretor. E saiu com uma ruga funda na testa. As botinas rangiam. Ele parava, dobrava o peito delas erguendo-se na ponta dos pés, continuava. Chiavam. Não há coisa que incomode mais. Meteu os pés de propósito na poça barrenta. Duas fantasias de odalisca. Duas caixas de bisnaga. Contribuição para o corso. Botinas de cinquenta mil-réis. Para rangerem assim. Mais isto e mais aquilo e o resto. O resto é que é o pior. Facada doída do Aristides. Outra mais razoável do Carlinhos. Serpentina e fantasia para as crianças. Também tinham direito. Nem carro de boi chia tanto. Puxa. E outras coisas. E outras coisas que iriam aparecendo.
Entrou no Monte de Socorro Federal.

Auxiliado pela Elvira o Totónio tanta malcriação fez, abrindo a boca, pulando, batendo o pé, que convenceu Dona Sinhara.
— Crispiniano, não há outro remédio mesmo: vamos dar uma volta com as crianças.
— Nem que me paguem!
O Totónio fantasiado de caçador de esmeraldas (sugestão nacionalista do doutor Andrade que se formara em Coimbra) e a Elvira de rosa-chá ameaçaram pôr a casa abaixo. Desataram num choro sentido quebrando a resistência comodista (pijama de linho gostoso) de Crispiniano.
— Está bem. Não é preciso chorar mais. Vamos embora. Mas só até o largo do Paraíso.

Na rua Vergueiro Elvira de ventarola japonesa na mão quis ir para os braços do pai.
— Faça a vontade da menina, Crispiniano.

Domingo carnavalesco. Serpentinas nos fios da Light. Negras de confete na carapinha bisnagando carpinteiros portugueses no olho. O único alegre era o gordo vestido de mulher. Pernas dependuradas da capota dos automóveis de escapamento aberto. Italianinhas de braço dado com a irmã casada atrás. O sorriso agradecido das meninas feias bisnagadas. Fileira de bondes vazios. Isso é que é alegria? Carnaval paulista.

Crispiniano amaldiçoava tudo. Uma esguichada de lança-perfume bem dentro do ouvido direito deixou o Totónio desesperado.

— Vamos voltar, Sinhara?

— Não. Deixe as crianças se divertirem mais um bocadinho só.

Elvira quis ir para o chão. Foi. Grupos parados diziam besteiras. Crispiniano com o tranco do toureiro quase caiu de quatro. E a bisnaga do Totónio estourou no seu bolso. Crispiniano ficou fulo. Dona Sinhara gaguejou revoltada. Totónio abriu a boca. Elvira sumiu.

— Procura que procura. Procura que procura.

— Tem uma menina chorando ali adiante.

Sob o chorão a chorona.

— O negrinho tirou a minha ventarola.

Voltaram para casa chispando.

Terça-feira entre oito e três quartos e nove horas da noite as odaliscas chegaram do corso em companhia do sultão Mário Zanetti.

Crispiniano com um arzinho triunfante dirigiu-lhes a palavra:

— Ora até que enfim! Acabou-se, não é assim? Agora estão satisfeitas. E temos sossego até o ano que vem.

As odaliscas cruzaram olhares desalentados. O sultão fingia que não estava ouvindo.

Maria José falou:

— Nós ainda queríamos ir no baile do Primor, papai...

Será possível?

— Ahn? Bai-le do Pri-mor?

Dona Sinhara perguntou também:

— Que negócio é esse?

— É uma sociedade de dança, mamãe. Só famílias conhecidas. O Mário arranjou um convite pra nós...

Deixaram o sultão todo encabulado no tamborete do piano e vieram discutir na sala de jantar.

(Famílias distintas. Não tem nada de mais. As filhas de dona Ernestina iam. E eram filhas de vereador. Aí está. Acabava cedo. Só se o Crispiniano for também. Por nada deste mundo. Ora essa é muito boa. Pai malvado. Não faltava mais nada. Falta de couro isso sim. Meninas sem juízo. Tempos de hoje. Meninas sapecas. O mundo não acaba amanhã. Antigamente – hein, Sinhara? – antigamente não era assim. Tratem de casar primeiro. Afinal de contas não há mal nenhum. Aproveitar a mocidade. Sair antes do fim. É o último dia também. Olhe o remorso mais tarde. Toda a gente se diverte. São tantas as tristezas da vida. Bom. Mas que seja pela primeira e última vez. Que gozo.)

No alto da escada dois sujeitos bastante antipáticos (um até mal--encarado) contando dinheiro e o aviso de que o convite custava dez mil-réis mas as damas acompanhadas de cavalheiros não pagavam entrada.

Tal seria. Crispiniano rebocado pelo sultão e odaliscas aproximou-se já arrependido de ter vindo.

– O convite, faz favor?
– Está aqui. Duas entradas.
O mal-encarado estranhou:
– Duas? Mas o cavalheiro não pode entrar.
Ah! isso era o cúmulo dos cúmulos.
– Não posso? Não posso por quê?
– Fantasia obrigatória.

E esta agora? O sultão entrou com a sua influência de primo do segundo vice-presidente. Sem nenhum resultado. Crispiniano quis virar valente. Que é que adiantava? Fifi reteve com dificuldade umas lágrimas sinceras.

– Eu só digo isto: sozinhas vocês não entram!

O que não era mal-encarado sugeriu amável:

– Por que o senhor não aluga aqui ao lado uma fantasia?

Crispiniano passou a língua nos lábios. As odaliscas não esperaram mais nada para estremecer com pavor da explosão. Todos os olhares bateram em Crispiniano B. de Jesus. Porém Crispiniano sorriu. Riu mesmo. Riu. Riu mesmo. E disse com voz trêmula:

— Mas se eu estou fantasiado!
— Como fantasiado?
— De Cristo!
— Que brincadeira é essa?
— Não é brincadeira: é ver-da-de!

E fez uma cara tal que as portas do salão se abriram como braços (de uma cruz).

(*Laranja da China*)

O LÍRICO LAMARTINE
(DESEMBARGADOR LAMARTINE DE CAMPOS)

Desembargador. Um metro e setenta e dois centímetros culminando na careca aberta a todos os pensamentos nobres, desinteressados, equânimes. E o fraque. O fraque austero como convém a um substituto profano da toga. E os óculos. Sim: os óculos. E o anelão de rubi. É verdade: o rutilante anelão de rubi. E o todo de balança. Principalmente o todo de balança. O tronco teso, a horizontalidade dos ombros, os braços a prumo. Que é que carrega na mão direita? A pasta. A divina Têmis não se vê. Mas está atrás. Naturalmente. Sustentando sua balança. Sua balança: o desembargador Lamartine de Campos.

Aí vem ele.

Paletó de pijama sim. Mas colarinho alto.
— Joaquina, sirva o café.

Por enquanto o sofá da saleta ainda chega para dona Hortênsia. Mas amanhã? No entanto o desembargador desliza um olhar untuoso sobre os untos da metade. O peso da esposa sem dúvida possível é o índice de sua carreira de magistrado. Quando o desembargador se casou (era promotor público e tinha uma capa espanhola forrada de seda carmesim) dona Hortênsia pesava cinquenta e cinco quilos. Juiz municipal: dona Hortênsia foi até sessenta e seis e meio. Juiz de direito: dona Hortênsia fez um esforço e alcançou setenta e nove. Lista de merecimento: oitenta e cinco na balança da Estação da Luz diante de testemunhas. Desembargador: noventa e quatro quilos novecentos e cinquenta gramas. E dona Hortênsia prometia ainda. Mais uns sete quilos (talvez nem tanto) o desembargador está aí feito ministro do Supremo Tribunal Federal. E se depois dona Hortênsia num arranque supremo alargasse ainda mais as suas fronteiras nativas? Lamartine punha tudo nas mãos de Deus.

— Por que está olhando tanto para mim? Nunca me viu mais gorda?
— Verei ainda se a sorte não me for madrasta! Vou trabalhar.

A substância gorda como que diz: Às ordens.

Duas voltas na chave. A cadeira giratória geme sob o desembargador. Abre a pasta. Tira o DIÁRIO OFICIAL. De dentro do DIÁRIO OFICIAL tira O COLIBRI. Abre O COLIBRI. Molha o indicador na língua. E vira as páginas. Vai virando aceleradamente. Sofreguidão. Enfim: CAIXA DO O COLIBRI. Na primeira coluna: nada. Na segunda: nada. Na terceira: sim. Bem embaixo: **Pajem enamorado (São Paulo) — Muito chocho o terceto final do seu soneto SEGREDOS DA ALCOVA. Anime-o e volte querendo.**

Não?

Segunda gaveta à esquerda. No fundo. Cá está.

**Então beijando o teu corpo formoso
Arquejo e palpito e suspiro e gemo
Na doce febre do divino gozo!**

Chocho?

Releitura. Meditação (a pena no tinteiro). Primeira emenda: mordendo em lugar de beijando.

Chocho?

Declamação veemente. Segunda emenda: febre ardente em lugar de doce febre.

Chocho?

Mais alma. Mais alma.
A imaginação vira as asas do moinho da poesia.

(*Laranja da China*)

O INGÊNUO DAGOBERTO
(SEU DAGOBERTO PIEDADE)

Diante da porta da loja pararam. Seu Dagoberto carregava o menorzinho. Silvana a maleta das fraldas. Nharinha segurava na mão do Polidoro que segurava na mão do Gaudêncio. Quim tomava conta do pacote de balas. Lázaro Salém veio correndo do balcão e obrigou a família a entrar.
    Seu Dagoberto queria um paletó de alpaca. A mulher queria um corte de cassa verde ou então cor-de-rosa. A filha queria uma bolsinha de couro com espelho e lata para o pó de arroz. O menino de dez anos queria uma bengalinha. O de oito e meio queria um chapéu bem vermelho. O de sete queria tudo.
    É só escolher.
    O menorzinho queria mamar.
    – Leite não tem.
    Não há nada como uma piada na hora para pôr toda a gente à vontade. Principalmente de um negociante como Lázaro Salém. Bateu nas bochechas do Gaudêncio. Deu uma bola de celuloide para o Quim. Perguntou para Silvana onde arranjou aqueles dentes de ouro tão bem feitos. Estava se vendo que era ouro de dezoito quilates. Falou. Falou. Não deixou os outros falarem. Jurou por Deus.
    Entre marido e mulher houve um entendimento mudo. E a família saiu cheinha de embrulhos. Em direção ao Jardim da Luz.

    O pavão estava só à espera dos visitantes para abrir a cauda. O veadinho quase ficou com a mão do Gaudêncio. Os macacos exibiram seus melhores exercícios acrobáticos. Quando araponga inventa de abrir o bico só tapando o ouvido mesmo.

Depois o fotógrafo espanhol se aproximou de chapéu na mão. Seu Dagoberto concordou logo. Porém Silvana relutou. Tinha vergonha. Diante de tanta gente. Só se fosse mais longe. O espanhol demonstrou que o melhor lugar era ali mesmo ao lado da herma de Garibaldi general italiano muito amigo do Brasil. Já falecido não há dúvida. Acabou-se. Garibaldi sairia também no retrato. Nem se discute. A família deixou os pacotes no banco e se perfilou diante da objetiva. Parecia uma escada. O fotógrafo não gostou da posição. Colocou os pais nas pontas. Cinco passos atrás. Estudou o efeito. Passou os pais para o meio. Cinco passos atrás. Ótimo. Enfiou a cabeça debaixo do pano. Magnífico. Ninguém se mexia. Atenção. Aí Juju derrubou a chupeta de bola e soltou o primeiro berro no ouvido paterno. Foi para os braços da mãe. Soltou o segundo. O fotógrafo quis acalmá-lo com gracinhas. Soltou o terceiro. Polidoro mostrou a bengalinha. Soltou o quarto. O grupo se desfez. Quinze minutos depois estava firme de novo às ordens do artista. O artista solicitou a gentileza de um sorriso artístico. Silvana pôs a mão na boca e principiou a rir sincopado. O artista teve a paciência de esperar uns instantes. Pronto. Cravaram os olhos na objetiva. O fotógrafo pediu o sorriso.

– O Juju também?

Polidoro (o inteligente da família) voou longe com o tabefe nas ventas.

Depois da sexta tentativa o retrato saiu tremido e o espanhol cobrou doze mil-réis por meia dúzia.

A família se aboletou no primeiro banco do caradura. Mas antes o Quim brigou com o Gaudêncio porque ele é que queria ir sentado. Com o beliscão maternal se conformou e ficou em pé diante do pai. O bonde partiu. Polidoro quis passar para a ponta para pagar as passagens. Mas olhou para o Quim ainda com as pestanas gotejando. Desistiu da ideia. E foi seu Dagoberto mesmo quem pagou.

O bicho saiu de baixo do banco. Ficou uns segundos parado na beirada entre as pernas do sujeito que ia lendo ao lado de seu Dagoberto. Quim viu o bicho mas ficou quieto. E o bicho subiu no joelho esquerdo do homem (o homem lendo, Quim espiando). Foi subindo pela perna. Alcançou a barriga. Foi subindo. Tinha um modo de andar engraçado. Foi subindo. Alcançou a manga do paletó. Parou. Levantou as asas. Não voou. Continuou a escalada. Quim deu uma cotovelada no estômago do pai e mostrou o bicho com os olhos. Seu Dagoberto afastou-se um pouquinho, bateu no braço de Silvana, mostrou o bicho com a cabeça. Silvana esticou o pescoço (o bicho já estava no ombro), achou graça, falou baixinho no ouvido do Gaudêncio. Gaudêncio deixou o colo da Nharinha, ficou em pé, custou a encontrar o bicho, encontrou, puxou o Polidoro pelo braço, apontou com o dedo. Polidoro viu o bicho bem em cima na gola do paletó do homem, não quis mais saber de ficar sentado. Então Nharinha fez também um esforço e deu com o bicho. Virou o rosto de outro lado e soltou umas risadinhas nervosas.

– Que é que você acha? Aviso?
– O homem é capaz de ficar zangado.
– É mesmo. Nem fale.

Na curva da gola o bicho parou outra vez. Nesse instante o Gaudêncio deu um berro:

– É aeroplano!

Todos abaixaram a cabeça para espiar o céu. O ronco passou. Então o Quim falou assustado:

– Desapareceu!

Olharam: tinha desaparecido.

– Entrou no homem, papai!

Seu Dagoberto assombrado examinou a cara do homem. Será? Impossível. Começou a ficar inquieto. Fez o Quim virar de todos os lados. Não. No Quim não estava.

– Olhe em mim.

Não. Nele também não estava.

– Veja no Juju, Silvana.

Não. No Juju também não estava. Ué. Mas será possível?

O Quim avisou:

– Apareceu!

Olharam: apareceu no colarinho do homem. Passeou pelo colarinho. Parou. Eta. Eta. Passou para o pescoço. O homem deu um tapa ligeiro. Todos sorriram.

Tinham chegado no Parque Antártica.

Polidoro não queria descer do balanço. Não queria por bem. Desceu por mal. Em torno da roda-gigante os águias estacionavam com os olhos nas pernas das moças que giravam. Famílias de roupa branca esmagavam o pedregulho dos caminhos. Nharinha de vez em quando dava uma grelada para o moço de lenço sulfurino com um cravo na mão. Juju começou a implicar com as valsas vienenses da banda. A galinha do caramanchão ficou com os duzentos réis e não pôs ovo nenhum. Foram tomar gasosa no restaurante. Seu Dagoberto foi roubado no troco. O calor punha lenços no pescoço dos portugueses com o elástico da palheta preso na lapela florida. Quim perdeu-se no mundão que vinha do campo de futebol. O moço de lenço sulfurino encostou-se em Nharinha. Ela ficou escarlate que nem o cravo que escondeu dentro da bolsa.

No bonde Silvana disfarçadamente livrou os pés dos sapatos de pelica preta envernizada com tiras verdes atravessadas.

Depois do jantar (mal servido) seu Dagoberto saiu do Grande Hotel e Pensão do Sol (Familiar) palitando os dentes caninos. Foi espairecer na Estação da Luz. Assistiu à chegada de dois trens de Santos. Acendeu um goiano. Atravessou a rua José Paulino. Parou na esquina da avenida Tiradentes. Sapeando o movimento. Mulatas riam com soldados de folga. Dois homens bem trajados e simpáticos lhe pediram fogo. Dagoberto deu.

— Muito gratos pela sua gentileza.
— Não tem de quê.
— Está fazendo um calorzinho danado, não acha?
— É. Mas esta noite chove na certa.

Seu Dagoberto ficou sabendo que os homens eram de Itapira. Tinham chegado naquele mesmo dia às onze horas. E deviam voltar logo amanhã cedo e sem falta. Uma pena que ficassem tão pouco tempo. Seu Dagoberto com muito gosto lhes mostraria as belezas da cidade. Conversando desceram lentamente a avenida Tiradentes. Na esquina da Cadeia Pública seu Dagoberto trocou três camarões de duzentos e mais um relógio com uma corrente e três medalhinhas (duas de ouro) por oito contos de réis. E voltou para o Grande Hotel e Pensão do Sol (Familiar) que nem uma bala.

(Napoleão da Natividade, filho tinha o hábito feio de coçar a barriga quando se afundava na rede de pijama e chinelo sem meia. A mulher – a segunda, que a primeira morrera de uma moléstia no fígado – preferia a cadeira de balanço.

— Você me vê os óculos por favor?

O melhor deste jornal são os títulos. A gente sabe logo do que se trata. **FOI BUSCAR LÁ..., QUEM COM FERRO FERE..., AMOR E MORTE**. Aquela miséria de sempre. Aquela miséria de sempre. Aquela miséria de... **MAIS UM**! Mas então os trouxas não acabam mesmo.

Depois que ficou ciente da abertura do inquérito a mulher concordou:
— Parece impossível!
— Nada é impossível.
A dissertação sobre a bobice humana foi feita com os óculos na testa.)

A indignação de Silvana não conheceu limites.
— Seu bocó! Devia ter contado o dinheiro na frente dos homens! Seu besta!
A filharada não dava um pio. Nem Dagoberto.
— Não merece a mulher que tem! Seu fivela!
Seu Dagoberto custou mas foi perdendo a paciência e tirando o paletó.
— Seu burro! Seu caipira!
Aí seu Dagoberto não aguentou mais. Avançou para a mulher mordendo os bigodes. Nharinha aos gritos se pôs entre os dois de braços abertos. Os meninos correram para o vão da janela.
— Venha, seu pindoba! Venha que eu não tenho medo!
O pindoba se conteve para evitar escândalos. Vestiu o paletó. Fincou o chapéu na testa. Roncou feio. Só vendo o olhar. Bateu a porta com toda a força. Tornou a abrir a porta. Pegou o bengalão que estava em cima da cama. Saiu sem fechar a porta.

Tarde da noite voltou contente da vida. Contando uma história muito complicada de mulheres e de um tal Claudionor que sustentava a família. Queria beijar Silvana no cangote cheiroso. Chamando-a de pedaço. E gritava:
— Também não quero saber mais dela!
Silvana deu um tranco nele. Ele foi e caiu atravessado na cama. Caiu e ferrou no sono.

Quando chegou o dinheiro para a conta do hotel e a viagem de volta Silvana pegou numa nota de cinco mil-réis, entregou por muito favor ao marido e escondeu o resto.

Depois chamou a Nharinha para ajudar a aprontar as malas. À voz de aprontar as malas Nharinha rompeu numa choradeira incrível. Já estava se acostumando com a vida da cidade. Frisara os cabelos. Arranjara um andarzinho todo rebolado. Vivia passando a língua nos lábios. Comprara o último retrato de Buck Jones. E alimentava uma paixão exaltada pelo turco da rua Brigadeiro Tobias nº 24-D sobrado. Só porque o turco usava costeletas. Um perigo em suma.

Mas a mãe pôs as mãos nas cadeiras e fungou forte. Quando Silvana punha as mãos nas cadeiras e fungava forte a família já ficava avisada: era inútil qualquer resistência. Inútil e perigosa.

Nharinha perdeu logo a vontade de chorar. Em dois tempos as malas de papel-couro e o baú cor-de-rosa com passarinhos voando de raminho no bico ficaram prontos.

A família desceu. Silvana pagou a conta. A família já estava na porta da rua quando Seu Dagoberto largou o baú no chão e deu de procurar qualquer coisa apalpando-se todo. A família escancarou os olhos para ele interrogativamente. Seu Dagoberto cada vez mais aflito acelerava as apalpadelas. De repente abriu a boca e disparou pela escada acima. Voltou todo pimpão com um bolo de recortes de jornal e bilhetes de loteria na mão. Silvana compreendeu. Ficou verde de raiva. Ia se dar qualquer desgraça. Porém ficou quieta. Fungou só um instantinho. Depois intimou:

– Vamos!

Aí o proprietário do hotel perguntou limpando as unhas para onde seguia a família. Aí Silvana não se conteve, desviou o nariz da mão do Juju e respondeu bem alto para toda a gente ouvir:

– Pro inferno, seu Roque!

Aí seu Roque fez que sim com a cabeça.

(*Laranja da China*)

O AVENTUREIRO ULISSES
(ULISSES SERAPIÃO RODRIGUES)

Ainda tinha duzentos réis. E como eram sua única fortuna meteu a mão no bolso e segurou a moeda. Ficou com ela na mão fechada.

Nesse instante estava na Avenida Celso Garcia. E sentia no peito todo o frio da manhã.

Duzentão. Quer dizer: dois sorvetes de casquinha. Pouco.

Ah! muito sofre quem padece. Muito sofre quem padece? É uma canção de Sorocaba. Não. Não é. Então que é? Mui-to so-fre quem pa-de-ce. Alguém dizia isto sempre. Etelvina? Seu Cosme? Com certeza Etelvina que vivia amando toda a gente. Até ele. Sujeitinha impossível. Só vendo o jeito de olhar dela.

Bobagens. O melhor é ir andando.

Foi.

Pé no chão é bom só na roça. Na cidade é uma porcaria. Toda a gente estranha. É verdade. Agora é que ele reparava direito: ninguém andava descalço. Sentiu um mal-estar horrível. As mãos a gente ainda esconde nos bolsos. Mas os pés? Coisa horrorosa. Desafogou a cintura. Puxou as calças para baixo. Encolheu os artelhos. Deu dez passos assim. Pipocas. Não dava jeito mesmo. Pipocas. A gente da cidade que vá bugiar no inferno. Ajustou a cintura. Levantou as calças acima dos tornozelos. Acintosamente. E muito vermelho foi jogando os pés na calçada. Andando duro como se estivesse calçado.

– ESTADO! COMÉRCIO! A FOLHA!

Sem querer procurou o vendedor. Olhou de um lado. Olhou de outro.

– FANFULLA! A FOLHA!

Virou-se.

– ESTADO! COMÉRCIO!

Olhou para cima. Olhou longe. Olhou perto.

Diacho. Parece impossível.

– SÃO PAULO-JORNAL!

Quase derrubou o homem na esquina. O italiano perguntou logo:

– Qual é?

Atrapalhou-se todo:

– Eu não sei não senhor.

– Então leva O ESTADO!

Pegou o jornal. Ficou com ele na mão feito bobo.

– Duzentos!

Quase chorou. O homem arrancou-lhe a moeda dos dedos que tremiam. E ele continuou a andar. Com o jornal debaixo do braço. Mas sua vontade era voltar, chamar o homem, devolver o jornal, readquirir o duzentão. Mas não podia. Por que não podia? Não sabia. Continuou andando. Mas sua vontade era voltar. Mas não podia. Não podia. Não podia. Continuou andando.

Que remédio senão se conformar? Não tomava o sorvete. Dois sorvetes. Dois. Mas tinha O ESTADO. O ESTADO DE SÃO PAULO. Pois é. O jornal ficava com ele. Mas para quê, meu Espírito Santo? Engoliu um soluço e sentiu vergonha.

Nesse instante já estava em frente do Instituto Disciplinar.

Abaixou-se. Catou uma pedra. Pá! Na árvore. Bem no meio do tronco. Catou outra. Pá! No cachorro. Bem no meio da barriga. Direção assim nem a do cabo Zulmiro. Ficou muito, mas muito contente consigo mesmo. Cabra bom. E isso não era nada. Há dois anos na Fazenda Sinhá-Moça depois de cinco pedradas certeiras o doutor delegado (o que bebia, coitado) lhe disse: Desse jeito você poderá fazer bonito até no estrangeiro!

Eta topada. A gente vai assim pensando em coisas e nem repara onde mete o pé. É topada na certa. Eh! Eh! Topada certeira também. Puxa. Tudo certeiro.

Agora não é nada mau descansar aqui à sombra do muro.

O automóvel passou com poeira atrás. Diabo. Pegou num pauzinho e desenhou um quadrado no chão vermelho. Depois escreveu dentro do quadrado em diagonal: SAUDADE-1927. Desmanchou tudo com o pé. Traçou um círculo. Dentro do círculo outro menor. Mais outro. Outro. Ainda outro bem pequetitito. Ainda outro: um pontinho só. Não achou mais jeito. Ficou pensando, pensando, pensando. Com a ponta do cavaco furando o pontinho. Deu um risco nervoso cortando os círculos e escreveu fora deles sem levantar a ponta: FIM. Só que escreveu com n. E afundou numa tristeza sem conta.

Cinco minutos banzados.

E abriu o jornal. Pulou de coluna em coluna. Até os olhos da Pola Negri nos anúncios de cinema. Boniteza de olhos. Com o fura-bolos rasgou a boca, rasgou a testa. Ficaram só os olhos. Deu um soco: não ficou nada. Jogou o jornal. Ergueu-o novamente. Abriu na quarta página. E leu logo de cara: **ULISSES SERAPIÃO RODRIGUES – No dia 13 do corrente desapareceu do Sítio Capivara, município de Sorocaba, um rapaz de nome Ulisses Serapião Rodrigues tomando rumo ignorado. Tem 22 anos, é baixo, moreno carregado e magro. Pode ser reconhecido facilmente por uma cicatriz que tem no queixo em forma de estrela.**

Na ocasião de seu desaparecimento estava descalço, sem colarinho e vestia um terno de brim azul-pavão. **Quem souber de seu paradeiro tenha a bondade de escrever para a Caixa Postal 00 naquela cidade que será bem gratificado.**

Coisas assim a gente lê duas vezes. Leu. Depois arrancou a notícia do jornal. E foi picando, picando, picando até não poder mais. O vento correu com os pedacinhos.

Então ele levou a mão no queixo. Esfregou. Esfregou bastante. Levantou-se. Foi andando devagarzinho. Viu um sujeito a cinquenta metros. Começou a tremer. O sujeito veio vindo. Sempre na sua direção. Quis assobiar. Não pôde. Nunca se viu ninguém assobiar de mão no queixo. O sujeito estava pertinho já. Pensou: Quando ele for se chegando eu cuspo de lado e pronto. Começou a preparar a saliva. Mas cuspir é ofensa. Engoliu a saliva. O sujeito passou com o dedo no nariz. Arre. Tirou a mão do queixo. Endireitou o corpo. Apressou o passo. Foi ficando mais calmo. Até corajoso.

Parou bem juntinho dos operários da Light.

O mulato segurava no pedaço de ferro. O estoniano descia o malho: pan! pan! pan! E o ferro ia afundando no dormente. Nem o mulato nem o estoniano levantaram os olhos. Ele ficou ali guardando as pancadas nos ouvidos.

O mulato cuspiu o cigarro e começou:

**Mulher, a Penha está aí,
Eu lá não posso...**

Que é que deu nele de repente?
– Seu moço! Seu moço!
A canção parou.
– Faz favor de dizer onde é que fica a Penha?
O mulato levantou a mão:
– Siga os trilhos do bonde!
Então ele deu um puxão nos músculos. E seguiu firme com os olhos bem abertos e a mão no peito apertando os bentinhos.

(Laranja da China)

A PIEDOSA TERESA
(DONA TERESA FERREIRA)

Atmosfera de cauda de procissão. Bodum.

Os homens formam duas filas diante do altar de São Gonçalo. São Gonçalo está enfaixado como um recém-nascido. Azul e branco. Entre palmas-de-são-josé. Estrelas prateadas no céu de papel de seda.

Os violeiros puxando a reza e encabeçando as filas fazem reverências. Viram-se para os outros. E os outros dançam com eles. Bate-pé no chão de terra socada. Pan-pan-pan-pan! Pan-pan! Pan! Pan-pan-pan-pan! Pan-pan! Param de repente.

Para bater palmas. Pla-pla-pla-plá! Pla-plá! Plá! Pla-pla-pla-plá! Pla-plá! Param de repente.

Para os violeiros cantarem viola no queixo:

É este o primero velso
Qu'eu canto pra São Gonçalo

— Senta aí mesmo no chão, Benedito! Tu não é mió que os outros, diabo!

É este o primero velso
Qu'eu canto pra São Gonçalo

E o coro começa grosso, grosso. Rola subindo. Desce fino, fino. Mistura-se. Prolonga-se. Ôooôh! Aaaah! Ôaaôh! Ôaiiiih! Um guincho.

O violeiro de olhos apertados cumprimenta o companheiro. E marcha seguido pela fila. Dá uma volta. Reverências para a direita. Reverências para a esquerda. Ninguém pisca. Volta para o seu lugar.

— Entra, seu Casimiro!

O japonês Kashamira entra com a mulher e o filhinho brasileiros de roupa de brim. Inclina-se diante de São Gonçalo. Acocora-se.

O acompanhamento das violas feito de três compassos não cansa. Nos cantos sombreados os assistentes têm rosários nas mãos. No centro da sala de cinco por quatro a lâmpada de azeite dança também.

Minha boca está cantando
Meu coração lhe adorando

Cabeças mulatas espiam nas janelas. A porta é um monte de gente. Dona Teresa desdentada recebe os convidados.

— Não vê que meu defunto seu Vieira tá enterrado já há dois ano... Faiz mesmo dois ano agora no Natar.

Pan-pan-pan-pan! pan-pan! Pan!

— A arma dele tá penando aí por esse mundo de Deus sem podê entrá no céu.

Pla-pla-pla-plá! Pla-plá!

— Eu antão quiz fazê esta oração pra São Gonçalo deixá ele entrá.

Vou mandá fazê um barquinho
Da raiz do alecrim

O menino de oito anos aumenta a fila da direita. A folhinha da parede é uma paisagem de neve. Mas tem um sol. E o guerreiro com uma bandeirinha auriverde no peito espeta o sol com a espada. EMPÓRIO TUIUTI.

Pra embarcá meu São Gonçalo
Do promá pro seu jardim

Desafinação sublime do coro. Os rezadores sacodem o corpo. Trocam de posição. Enfrentam-se. Dois a dois avançam, cumprimento aqui, cumprimento ali, tocam-se ombro contra ombro, voltam para os seus lugares. O negro de pala é o melhor dançarino da quadrilha religiosa.

São Gonçalo é um bom santo
Por livrá seu pai da forca

Só a casinha de barro alumiando a escuridão.

— Não vê que o Crispim também pegou uma doença danada. Não havia jeito de sará. O coitado quis até se enforcá num pé de bananeira!

Dona Teresa é viúva. Viúva de um português. Mas nem oito dias passados dona Teresa se ajuntou com o Crispim. A filhinha dela ri enleada e é namorada de um polaco. Na Fazenda Santa Maria está sozinha pela sua boniteza. Dona Teresa cuida da alma do morto e do corpo do vivo. No carnaval deste ano organizou um cordão. Cordão dos Filhos da Cruz. Dona Teresa é pecadora mas tem sua religião. Todos gostam dela em toda a extensão da Estrada da Cachoeira. Dona Teresa é jeitosa, consegue tudo e ainda por cima é pagodeira.

Artá de São Gonçalo
Artá de nossa oração

— Nóis antão fizemo uma promessa que se Crispim sarasse nóis fazia esta festinha.

Foi promessa que sarando
Será seu precuradô

As violas têm um som, um som só. É proibido fumar dentro da sala. Chega gente.

São Gonçalo tava longe
De longe já tá bem perto

Um a um curvam-se diante do altar. O violeiro de olhos apertados está de sobretudo. Negros de pé no chão.
— Nóis tamo memo emprestado neste mundo.
Cantando cruzam a salinha quente.
Amor castiga a gente. Olhe a Rosa que não quis casar com o sobrinho do poceiro. Não houve conselho de mãe, não houve ameaça de pai nem nada. Fincou o pé. E fugiu com o italiano casado carregado de filhos. Um até de mama. Não tinham parada. Agora, agora está aí judiada com o ventre redondo. São Gonçalo tenha dó da coitada.

**Abençoada seja a mão
Que enfeitô este oratório**

O preto de pala dá um tropicão engraçado. E a mulher de azul-celeste dá uma risada sem respeito. O bico do peito escapuliu da boca do filho.

**Da dança de São Gonçalo
Ninguém deve caçoá**

Ôooôh! Aaaah! Ôaiiiih!

**São Gonçalo é vingativo
Ele pode castigá**

Silêncio na assistência descalça. As bandeirinhas de todas as cores riscam um x em cima dos dançarinos. Atrás da casa tem cachaça do Corisco.
– Depois é a veiz das moça. Quem quizé pode pegá o santo e dançá com ele encostado no lugá doente.

**Onde chega os pecadô
Ajoeai pedi perdão**

O estouro dos foguetes ronca no vale fundo. Anda um ventinho frio cercando a casa.

**São Gonçalo tá sentado
Com sua fita na cintura**

O caboclo louro puxa a faca e esgaravata o dedão do pé.
– São seis reza de hora e meia cada mais ou meno. Pro santo ficá satisfeito.

**Lá no céu será enfeitado
Pla mão de Nossa Sinhora**

Pan-pan-pan-pan! Pan-Pan! Pla-pla-pla-plá! Pla-plá! Plá! Pla-pla-pla-plá!

**Oratório tão bunito
Cuma luz a alumiá**

De cima do montão de lenha a gente vê São Paulo deitada lá embaixo com os olhos de gato espiando a Serra da Cantareira. Nosso céu tem mais estrelas.

**São Gonçalo foi em Roma
Visitá Nosso Sinhô**

Dona Teresa parece uma pata.
— Só acaba aminhã, sim sinhô! Vai até o meio-dia, sim sinhô! E acaba tudo ajoeiado, sim sinhô!
Ôooôh! Aaaah! Ôaaôh! Ôaôaiiiih! Primeiro é órgão. Cantochão. Depois carro de boi. No finzinho então.

**Sinhora de Deus convelso
Padre Filho Esprito Santo**

Quem guincha é mesmo o caipira de bigodes exagerados.

(Laranja da China)

O TÍMIDO JOSÉ
(JOSÉ BORBA)

Estava ali esperando o bonde. O último bonde que ia para a Lapa. A garoa descia brincando no ar. Levantou a gola do paletó, desceu a aba do chapéu, enfiou as mãos nos bolsos das calças. O sujeito ao lado falou: O nevoeiro já tomou conta do Anhangabaú. Começou a bater com os pés no asfalto molhado. Olhou o relógio: dez para as duas. A sensação sem propósito de estar sozinho, sozinho, sem ninguém é que o desanimava. Não podia ficar quieto. Precisava fazer qualquer coisa. Pensou numa. Olhou o relógio: sete para as duas. Tarde. A Lapa é longe. De vez em quando ia até o meio dos trilhos para ver se via as luzinhas do bonde. O sujeito ao lado falou: É bem capaz de já ter passado. Medindo os passos foi até o refúgio. Alguém atravessou a praça. Vinha ao encontro dele. Uma mulher. Uma mulher com uma pele no pescoço. Tinha certeza que ia acontecer alguma coisa. A mulher parou a dois metros se tanto. Olhou para ele. Desviou os olhos, puxou o relógio.

— Pode me dizer que horas são?
— Duas. Duas menos três minutos.

Agradeceu e sorriu. Se o Anísio estivesse ali diria logo que era um gado e atracaria o gado. Ele se afastou. Disfarçadamente examinava a mulher. Aquilo era fácil. O Anísio? O Anísio já teria dado um jeito. Na boca é que a gente conhece a senvergonhice da mulher. Parecia nervosa. Abriu a bolsa, mexeu na bolsa, fechou a bolsa. E caminhou na direção dele. Ele ficou frio sem saber que fazer. Passou ralando sem um olhar. Tomou o viaduto. O bonde vinha vindo. O nevoeiro atrapalhava a vista mas parece que ela olhou para trás. Mais uns segundos perdia o bonde. O último bonde que ia para a Lapa. Achou que era uma besteira não ir dormir. Resolveu ir. O bonde parou diante do refúgio. Seguiu. Correndo um bocadinho ainda pegava. Agora não pegava mais nem que disparasse. Ficar com raiva de si mesmo é a coisa pior deste mundo. Pôs um cigarro na boca. Não tinha fósforos. Virando o cigarro nos dedos seguiu pelo viaduto. Apressou o passo. Não se enxergava nada. De repente era capaz de esbarrar com a mulher. Tomou a outra calçada. Esbarrar não. Mas precisava encontrar. Afinal de contas estava fazendo papel de trouxa.

Quem sabe se seguiu pela rua Barão de Itapetininga? Mais depressa não podia andar. Garoar garoava sempre. Mas ali o nevoeiro já não era tanto felizmente. Decidiu. Iria indo no caminho da Lapa. Se encontrasse a mulher bem. Se não encontrasse paciência. Não iria procurar. Iria é para casa. Afinal de contas era mesmo um trouxa. Quando podia não quis. Agora que era difícil queria.

Estava parada na esquina. E virada para o lado dele. Foi diminuindo o andar. Ficou atrás do poste. Procurava ver sem ser visto. Alguma coisa lhe dizia que era aquele o momento. Porém não se decidia e pensava no bonde da Lapa que já ia longe. Para sair dali esperava que ela andasse. Impacientava-se. BARBEARIA BRILHANTE. Dezoito letras. Se continuava parada é que esperava alguém. Se fosse ele era uma boa maçada. Sua esperança estava na varredeira da Limpeza Pública que vinha chegando. A poeira a afugentaria. Nem se lembrava de que estava garoando. Pôs o lenço no rosto. A mulher recomeçou a andar. Até que enfim. E ele também rente aos prédios. Agora já tinha desistido. Viu as horas: duas e um quarto. Antes das três e meia não chegaria na Lapa. Talvez caminhando bem depressa. Precisava desviar da mulher senão era capaz de parar de novo e pronto. Daria a volta na praça. Ela tinha tomado a rua do meio. Então reparou que outro também começara a seguir a sujeita. Um tipo de capa batendo nos calcanhares e parecia velho. Primeiro teve curiosidade. Curiosidade má. Depois uma espécie de despeito, de ciúme, de orgulho ferido, qualquer coisa assim. Nem ele nem ninguém. Cada vez apressava mais o passo. O tipo parou para acender o cigarro. Era velho mesmo, tinha bigodes brancos caídos, usava galochas e se via na cara a satisfação. Não. Isso é que não. Nem ele nem o velho nem ninguém. Nem que tivesse de brigar. Mas por que não ele mesmo? Resolveu: seria ele mesmo.

Via a ponta da pele caída nas costas. De repente ela parou e sentou-se num banco. Sentia o velho rente. E agora? Fez um esforço para que as pernas não parassem. A mulher virou o rosto na direção dele. Quem é que estava olhando? O velho? Mas a sujeita endireitou logo o rosto, abaixou a cabeça. Vai ver que olhava sem ver. Passou como um ladrão, o coração batendo forte e sentou-se dois bancos adiante. Prova de audácia sim. Mas não podia ser de outro modo. O velho também passou, passou devagarzinho, depois de passar ainda se virou mas não parou. Tinha receio de suportar o olhar do velho. Começou a passar o lenço no rosto. Já era pavor mesmo. Por isso tremia. O velho continuou. Dava uns passos, virava para trás, andava mais um pouquinho, virava de novo. No fim da praça ficou encostado numa árvore.

A sujeita se levantou, deu um jeito na pele, veio vindo. Com toda a coragem a fixava. Impossível que deixasse escapar de novo a ocasião. Bastaria um sorrisozinho. Mas nem um olhar quanto mais um sorriso. Mulher é assim mesmo: facilita, facilita até demais e depois nada. Só dando mesmo pancada como recomendava o Anísio. Bombeiro é que sabe tratar mulher. Já estava ali mesmo: seguiu-a. O velho estava esperando com todo o cinismo. O gozo dele foi que quando ela ia chegando pegou outra rua do jardim e o velho ficou no ora veja. Vá ser cínico na praia. Não é que o raio da sujeita apressou o passo? Melhor. Quanto mais longe melhor. Preferia assim porque no fundo era um trouxa mesmo. Reconhecia.

Ela esperou que o automóvel passasse (tinha mulheres dentro cantando) para depois atravessar a rua correndo e desaparecer na esquina. Então ele quase que corria também. Dobrou a esquina. Um homem sem chapéu e sem paletó (naquela umidade) gritava palavrões na cara da sujeita que chorava. À primeira vista pensou até que não fosse ela. Mas era. Dando com ele o homem segurou-a por um braço (ela dizia que estava doendo) e com um safanão jogou-a para dentro do portão. E fechou o portão imediatamente. Uma janela se iluminou na casinha cinzenta. Ficou ali de olhos esbugalhados. Alguém dobrou a esquina. Era o velho. Maldito velho. Então seguiu. E o outro atrás.

Nem tinha tempo de pensar em nada. Lapa. Lapa. Puxou o relógio: vinte e cinco para as três. Um quarto para as quatro em casa. E que frio. E o velho atrás. Virou-se estupidamente. O velho fez-lhe um sinal. O quê? Não queria conversa. Não falava com quem não conhecia. Cada pé dentro de um quadrado no cimento da calçada. Assim era obrigado a caminhar ligeiro.

— Faz favor, seu!

Favor nada. Mas o velho o alcançou. Não podia deixar de ser um canalha.

— Diga uma coisa: conhece aquele xaveco?

Fechou a cara. Continuou como se não tivesse ouvido. Mas o homem parecia que estava disposto a acompanhá-lo. Parou. Perguntou desesperado:

— Que é que o senhor quer?

Por mais um pouco chorava.

— Onde é que ela mora?

— Não sei! Não sei de nada!

O velho começou a entrar em detalhes indecentes. Não aguentou mais, fez um gesto com a mão e disparou. Ouvia o velho dizer: Que é que há? Que é que há? Corria com as mãos fechando a gola do paletó. Só depois de muito tempo pegou no passo de novo. Porque estava ofegante a garganta doía com o ar da madrugada. Lapa. Lapa. E pensava: A esta hora é capaz de ainda estar apanhando.

(*Laranja da China*)

MISS CORISCO

Embora alguns nacionalistas teimassem em chamá-la de senhorita o título oficial era Miss Corisco. Dez casas no bairro tomavam conta da igreja pobre que primeiro nem caixa de esmolas tinha. Depois compraram uma caixa. Mas nunca viu um tostão porque o dinheiro que havia se gastou todo com ela. Miss Corisco foi eleita pelo sistema de exclusão. A filha do Bentinho era sardenta. A irmã do João tinha um defeito nas cadeiras. Logo de saída a Conceição se impôs: foi aclamada Miss Corisco.

Aí deu uma entrevista para *O Cachoeirense*. Perguntaram: Qual a maior emoção de sua vida? Respondeu: Três: minha primeira comunhão, uma fita do Rodolfo Valentino que eu vi na capital do meu querido Estado e... não conto porque é segredo. **Respeitamos o segredo** (escreveu o jornal) **pois naturalmente encobria uma linda história de amor**. Depois perguntaram: Qual o seu maior desejo? Respondeu: Sempre ver o Brasil na vanguarda de todos os empreendimentos. **Resposta admirável** (comentou *O Cachoeirense*) **que revela em Miss Corisco uma patriota digna de emparelhar com Clara Camarão, Anita Garibaldi, dona Margarida de Barros e outras heroínas da nacionalidade**. Finalmente perguntaram: O que pensa do amor? Respondeu: O amor, na minha fraca opinião, é uma coisa incompreensível mas que governa o mundo. **Palavras** (acentuou o órgão) **que encerram uma profunda filosofia muito de admirar atentos o sexo e a juventude da encantadora Miss.**

Miss Corisco foi retratada em várias posições: com um cachorrinho no colo, apanhando rosas no jardim, as costas das mãos sustentando o queixo. Deu também um autógrafo. Papel cor-de-rosa de bordas douradas, risquinhos de lápis para sair bem direitinho e as letras se equilibrando neles. O cunhado ditou. Os representantes do *O Cachoeirense* se retiraram. Miss Corisco foi varrer a cozinha como era de sua obrigação todos os dias inclusive domingos e feriados e na manhã seguinte tomou a jardineira em companhia do irmão casado para comparecer na cidade perante o júri estadual.

O Cine-theatro Esmeralda estourava de tão cheio. No palco atrás do júri a Corporação Musical C. Gomes – G. Puccini tocava dobrados. De minuto em minuto a assistência entusiasmada erguia vivas ao Brasil e à raça. As candidatas desfilaram vestidas com apurado gosto. Os juízes eram cinco: um brasileiro, dois italianos, um filho de italiano e um português. Predominava neles o espírito nacionalista. Queriam escolher um tipo bem brasileiro. O doutor Noé Cavalheiro desenhou em dois traços incisivos o tipo-padrão: boca grande e olhos ternos. Miss Corisco foi eleita Miss Paraíba do Sul por quatro votos.

Ouviu então o primeiro discurso que foi proferido com emoção que lhe embargava a voz e lenço de seda na mão pelo doutor Noé Cavalheiro, segundo promotor público. Principiou este fazendo o elogio da beleza notadamente da beleza feminina. Falou do culto que na antiga Grécia se votava à formosura física. Acentuou depois a desvantagem de uma **mens sana** desde que não seja num **corpore sano**. Disse que a beleza da mulher se tem provocado guerras e catástrofes tem também mais de uma vez contribuído para o progresso geral dos povos citando vários exemplos históricos. Prosseguiu afirmando que o Brasil deveu muito do amor que lhe dedicou d. Pedro I à influência benéfica da marquesa de Santos. Referiu-se à competência do júri, à sua isenção de ânimo e confessou que a única nota dissonante tinha sido ele orador, o que provocou os protestos unânimes da assistência. Perorando entoou um hino inflamado à peregrina formosura de Miss Corisco. Disse então: **Unindo à beleza clássica da Vênus de Milo a sedução estonteante da lendária rainha de Nínive, Miss Paraíba do Sul, maior do que Beatriz e mais feliz do que Natércia, conquistou o coração de toda uma região! A Pátria não é somente, como soem pensar certos espíritos imbuídos de materialismo, o solo que nos dá o pão de cada dia ou a lei que garante a propriedade privada! A Pátria é mais alguma coisa, alguma coisa de sublime e divino! A Pátria é a estrelada que nos contempla do céu e a mulher que nos santifica o lar! A Pátria sois vós, Miss Paraíba do Sul, são os vossos olhos onde se espelham todas as forças viris de nacionalidade! Para nós, patriotas conscientes e eternos enamorados da**

Beleza, Miss Paraíba do Sul é neste momento o Brasil! (Aplausos prolongados. O orador é vivamente cumprimentado. Vozes sinceras gritam: Bis! Bis!).

Um a um os membros do júri beijaram as mãozitas róseas e espirituais de Miss Paraíba do Sul enquanto a Corporação Musical C. Gomes – G. Puccini, sob a regência do maestro Pietro Zaccagna, atacava vigorosamente a imortal protofonia do **Guarani**.

Muito vermelha e batendo com ar ingênuo as pálpebras aveludadas Miss Paraíba do Sul concedeu então as primeiras entrevistas. Externou sua opinião sobre a futura sucessão presidencial, a cultura da laranja, a questão religiosa no México, Mussolini, padre Cícero, a estabilização cambial, Victor Hugo, Coelho Neto, os perfumes nacionais, a sentença que absolveu Febrônio, o diabo. No Grande Hotel Mundial era uma romaria de manhã à noite. Muito afável Miss Paraíba do Sul recebia toda a gente com um encantador sorriso brincando nos lábios purpurinos. O camareiro do apartamento chegou a declarar quando entrevistado por um jornalista: É de uma amabilidade extraordinária. Recebe todos. Quem bate no quarto entra. Mas o irmão pelo sim pelo não caiu de bofetadas em cima do camareiro. O caso foi parar na polícia onde o prestígio de Miss Paraíba do Sul conseguiu arranjar tudo do melhor modo possível.

Puseram à sua disposição um automóvel fechado, uma máquina de escrever portátil e um binóculo de corridas. Todos os dias choviam os presentes. O futuroso arquiteto Barros Jandaia pôs gratuitamente seus serviços profissionais às ordens de Miss Paraíba do Sul. O cabeleireiro não lhe quis cobrar nada e ainda por cima lhe deu vinte vales dando direito a outras tantas lavagens com Pixavon. A Livraria Cosmopolita ofereceu um rico exemplar do **Paraíso Perdido**. E assim por diante.

Miss Paraíba do Sul foi recebida em audiência especial pelo presidente do Estado, respondeu com muita graça às perguntas de S. Exa. e distribuiu cigarros **Petit Londrinos** (ovalados) aos presos da cadeia pública. Visitou também a Câmara Municipal. Aí foi saudada por um vereador que a comparou **à mimosa violeta dos nossos vergéis que não só atrai pela beleza como prende pelo seu perfume e conquista pela sua modéstia exemplar.**

Foram quinze dias bem cheios. Repletos. Não houve um minuto de folga. Miss Paraíba do Sul embora delicadamente deixou transparecer que a glória era um fardo pesado demais para seus ombros frágeis. E seguiu de vagão especial para a capital do país. Todas as cidades do percurso enviavam à estação o juiz de direito, o promotor, o delegado, o prefeito, o coletor federal e o sacristão da matriz que se incumbia dos foguetes. O trem apitava, as palmas estalavam com o vivório, o trem seguia. Miss Paraíba do Sul chegou ao Rio com uma dor de cabeça que não aguentava mesmo.

———

Começou a torcida brava. Para disfarçar festas e mais festas. E sonetos na seção livre dos jornais. E bilhetes de apaixonados anônimos. E baile na torpedeira **Paraíba do Sul**. E retratos de todo o jeito nas revistas. E chás com as rivais. E tesouradas gostosas nas rivais. E entrevistas, entrevistas, entrevistas. Um repórter mais audacioso penetrou no quarto de Miss Paraíba do Sul e tirou uma fotografia muito original. Com efeito. No dia seguinte o povo carioca abrindo o jornal deu de cara com um pé de sapato enquadrado pela seguinte nota: — **Enquanto Miss Paraíba do Sul jantava conseguimos penetrar no seu aposento e cometemos a deliciosa maldade de fotografar um perfumado sapatinho que se encontrava sobre o toucador. Levamos a nossa indiscrição ao ponto de verificarmos o número: era trinta e três e meio! Para encanto dos nossos leitores publicamos um clichê do sapatinho da nova Maria Borralheira da Graça e da Beleza.**

Coisas assim comovem. Miss Paraíba do Sul deu ao repórter como lembrança o famoso sapatinho. Mesmo porque (observou muito bem o irmão casado) já estava imprestável com a sola até fura não fura. Enorme multidão teve a felicidade de vê-lo exposto na redação do jornal. Não houve um parecer discordante: era de fato um amor de sapatinho.

Enfim vieram as provas do concurso. Miss Paraíba do Sul passeou de roupa de banho para os velhos do júri apreciarem bem as formas dela e submeteu-se ao exame antropométrico no Museu Nacional. Sua ficha foi discutida nas sociedades científicas, empolgou a imprensa, provocou desinteligências entre pessoas que se davam desde os bancos escolares. Tudo inútil porém. Miss Paraíba do Sul não foi considerada a mais digna de representar o Brasil no torneio de Galveston.

Chorou é verdade. Não se pode negar. Chorou. Mas isso no hotel. Em público não perdeu a linha. Era toda sorrisos diante de Miss Brasil. Entrevistada declarou que a escolha do júri tinha sido justa. Admiradores seus protestaram com energia. Um grupo de estudantes deitou manifesto a seu favor. Ela sorria agradecida e dizia coisas muito amáveis a respeito de Miss Brasil. Foi consagrada a Miss Pindorama, a Miss Terra de Santa Cruz, a Miss Simpatia Verde-Amarela. Todos reconheceram que a vitória moral lhe pertencia. Era um consolo.

———

De volta à capital do seu Estado no entanto ela resolveu mudar de atitude. Criticou duramente a decisão do júri. Miss Brasil? Uma beleza sem dúvida. Mas beleza impassível. E que vale a formosura sem a graça? Depois sem gosto algum. Cada vestido que só vendo. Todos de carregação. E era visível nos seus traços a ascendência estrangeira. O Brasil seria representado em Galveston. A raça brasileira não. E por aí foi. Nem os organizadores do concurso escaparam. Amáveis sim. Porém parciais. Um deles, careca barbado, vivia amolando as candidatas com galanteios muitos bobos. Por isso mesmo levou um dia a sua. Uma das concorrentes lhe perguntou: Por que não corta um pedaço da barba e gruda na cabeça para fingir de cabelo? Disse isso sim. Como não. Na cara. Como não. E perto de gente. Ora se. Ele ficou enfiado.

Corisco recebeu de luto na alma a sua Vênus. O pai de Miss Paraíba do Sul sacudia a cabeça murmurando: Que injustiça! Que injustiça! Inutilmente ela e o irmão casado falavam na vitória moral, na simpatia do povo, nos protestos da imprensa. Ela contava: Uma vez quando saía do hotel um popular me disse que eu era a eleita do coração dos brasileiros! Então, papai, que tal?

Mas o velho não se convencia. É. Muito bonito. Realmente. Mas os oitenta e quatro contos foi outra que abiscoitou. Aí é que está. Os oitenta e quatro contos foi outra que abiscoitou. Injustiça. Injustiça. O Brasil vai de mal a pior. Mas depois era preciso jurar que não, que o Brasil ia muito bem, que a vitória moral era mais que suficiente, que dinheiro não faz a felicidade de ninguém porque Miss Corisco, Miss Paraíba do Sul, Miss Pindorama, Miss Terra de Santa Cruz, Miss Simpatia Verde-Amarela começava a chorar.

Diário de S. Paulo, São Paulo, [28 abr. 1929] (Coleção António de Alcântara Machado, IEB-USP).

APÓLOGO BRASILEIRO SEM VÉU DE ALEGORIA

O trenzinho recebeu em Maguari o pessoal do matadouro e tocou para Belém. Já era noite. Só se sentia o cheiro doce do sangue. As manchas na roupa dos passageiros ninguém via porque não havia luz. De vez em quando passava uma fagulha que a chaminé da locomotiva botava. E os vagões no escuro.

Trem misterioso. Noite fora noite dentro. O chefe vinha recolher os bilhetes de cigarro na boca. Chegava a passagem bem perto da ponta acesa e dava uma chupada para fazer mais luz. Via mal e mal a data e ia guardando no bolso. Havia sempre uns que gritavam: Vá pisar no inferno! Ele pedia perdão (ou não pedia) e continuava seu caminho. Os vagões sacolejando.

O trenzinho seguia danado para Belém porque o maquinista não tinha jantado até aquela hora. Os que não dormiam aproveitando a escuridão conversavam e até gesticulavam por força do hábito brasileiro. Ou então cantavam, assobiavam. Só as mulheres se encolhiam com medo de algum desrespeito.

Noite sem lua nem nada. Os fósforos é que alumiavam um instante as caras cansadas e a pretidão feia caía de novo. Ninguém estranhava. Era assim mesmo todos os dias. O pessoal do matadouro já estava acostumado. Parecia trem de carga o trem de Maguari.

Porém aconteceu que no dia 6 de maio viajava no penúltimo banco do lado direito do segundo vagão um cego de óculos azuis. Cego baiano das margens do Verde de Baixo. Flautista de profissão dera um concerto em Bragança. Parara em Maguari. Voltava para Belém com setenta e quatrocentos no bolso. O taioca guia dele só dava uma folga no bocejo para cuspir.

Baiano velho estava contente. Primeiro deu uma cotovelada no secretário e puxou conversa. Puxou à toa porque não veio nada. Então principiou a assobiar. Assobiou uma valsa (dessas que vão subindo, vão subindo e depois descendo, vêm descendo), uma polca, um pedaço do *Trovador*. Ficou quieto uns tempos. De repente deu uma coisa nele. Perguntou para o rapaz:

— O jornal não dá nada sobre a sucessão presidencial?

O rapaz respondeu:

— Não sei: nós estamos no escuro.

— No escuro?

— É.

Ficou matutando calado. Claríssimo que não compreendia bem. Perguntou de novo:

— Não tem luz?

Bocejo.

— Não tem.

Cuspada.

Matutou mais um pouco. Perguntou de novo:

— O vagão está no escuro?

— Está.

De tanta indignação bateu com o porrete no soalho. E principiou a grita dele assim:

— Não pode ser! Estrada relaxada! Que é que faz que não acende? Não se pode viver sem luz! A luz é necessária! A luz é o maior dom da natureza! Luz! Luz! Luz!

E a luz não foi feita. Continuou berrando:

— Luz! Luz! Luz!

Só a escuridão respondia.

Baiano velho estava fulo. Urrava. Vozes perguntaram dentro da noite:

— Que é que há?

Baiano velho trovejou:
— Não tem luz!
Vozes concordaram:
— Pois não tem mesmo.

———

Foi preciso explicar que era um desaforo. Homem não é bicho. Viver nas trevas é cuspir no progresso da humanidade. Depois a gente tem a obrigação de reagir contra os exploradores do povo. No preço da passagem está incluída a luz. O governo não toma providências? Não toma? A turba ignara fará valer seus direitos sem ele. Contra ele se necessário. Brasileiro é bom, é amigo da paz, é tudo quanto quiserem: mas bobo não. Chega um dia e a coisa pega fogo.

Todos gritavam discutindo com calor e palavrões. Um mulato propôs que se matasse o chefe do trem. Mas João Virgulino lembrou:
— Ele é pobre como a gente.

Outro sugeriu uma grande passeata em Belém com banda de música e discursos.
— Foguetes também?
— Foguetes também.
— Be-le-za!

Mas João Virgulino observou:
— Isso custa dinheiro.
— Que é que se vai fazer então? Ninguém sabia. Isto é: João Virgulino sabia. Magarefe-chefe do matadouro de Maguari, tirou a faca da cinta e começou a esquartejar o banco de palhinha. Com todas as regras do ofício. Cortou um pedaço, jogou pela janela e disse:
— Dois quilos de lombo!

Cortou outro e disse:
— Quilo e meio de toicinho!

Todos os passageiros magarefes e auxiliares imitaram o chefe. Os instintos carniceiros se satisfizeram plenamente. A indignação virou alegria. Era cortar e jogar pelas janelas. Parecia um serviço organizado. Ordens partiam de todos os lados. Com piadas, risadas, gargalhadas.

— Quantas reses, Zé Bento?
— Eu estou na quarta, Zé Bento!
Baiano velho quando percebeu a história pulou de contente. O chefe do trem correu quase que chorando.
— Que é isso? Que é isso? É por causa da luz?
Baiano velho respondeu:
— É por causa das trevas!
O chefe do trem suplicava:
— Calma! Calma! Eu arranjo umas velinhas.
João Virgulino percorria os vagões apalpando os bancos.
— Aqui ainda tem uns três quilos de coxão mole!
O chefe do trem foi para o cubículo dele e se fechou por dentro rezando. Belém já estava perto. Dos bancos só restava a armação de ferro. Os passageiros de pé contavam façanhas. Baiano velho tocava a marcha de sua lavra chamada Às armas cidadãos! O taioquinha embrulhava no jornal a faca surrupiada na confusão.

Tocando a sineta o trem de Maguari fungou na estação de Belém. Em dois tempos os vagões se esvaziaram. O último a sair, foi o chefe muito pálido.

———

Belém vibrou com a história. Os jornais afixaram cartazes. Era assim o título de um: Os passageiros do trem de Maguari amotinaram-se jogando os assentos ao leito da estrada. Mas foi substituído porque se prestava a interpretações que feriam de frente o decoro das famílias. Diante do Teatro da Paz houve um conflito sangrento entre populares.

Dada a queixa à polícia foi iniciado o inquérito para apurar as responsabilidades. Perante grande número de advogados, representantes da imprensa, curiosos e pessoas gradas, o delegado ouviu vários passageiros. Todos se mantiveram na negativa menos um que se declarou protestante e trazia um exemplar da Bíblia no bolso. O delegado perguntou:
— Qual a causa verdadeira do motim?
O homem respondeu:
— A causa verdadeira do motim foi a falta de luz nos vagões.
O delegado olhou firme nos olhos do passageiro e continuou:

– Quem encabeçou o movimento?
Em meio da ansiosa expectativa dos presentes o homem revelou:
– Quem encabeçou o movimento foi um cego!
Quis jurar sobre a Bíblia mas foi imediatamente recolhido ao xadrez porque com a autoridade não se brinca.(*)

(*) V. os jornais de 7 e 8 maio 1929.

[*Diário de S. Paulo*, 12 maio 1929] (Coleção António de Alcântara Machado, IEB-USP).

GUERRA CIVIL

Em Caguaçu os revolucionários. Em São Tiago os legalistas. Entre os dois indiferente o rio Jacaré. O delegado regional de Boniteza mandara recolher as barcas e as margens só podiam mesmo estreitar relações no infinito. De dia não acontecia nada. Os inimigos caçavam jararacas esperando ataques que não vinham. Por isso esperavam sossegados. Inutilmente os urubus no voo lindo deles se cansavam indo e vindo de bico esfomeado. Os guerreiros gozavam de perfeita saúde.

De noite tinham o silêncio. Qualquer barulhinho assustava. Os soldados de guarda se preparavam para morrer no seu posto de honra. Mas era estalo de árvore. Ou vento empurrando as folhas no chão. Ou correria de bicho. A madrugada se levantava sem novidades. Por isso a luta entre irmãos decorria verdadeiramente fraternal.

Porém uma manhã chegou a Boniteza a notícia de que do lado de Caguaçu qualquer coisa de muito grave se preparava. Tropas marchavam na direção do rio trazendo canhões, carros de combate, grande provisão de gases asfixiantes comprada na Argentina, aeroplanos, bombas de dinamite, granadas de mão e dinheiro, todos esses elementos de vitória. Um engenheiro russo construiria em dois tempos uma ponte sobre o Jacaré e o resto seria uma corrida fácil até a capital do país. Desta vez a coisa iria mesmo.

Boniteza se surpreendeu mas não se acovardou. Com rapidez e entusiasmo começou a preparar tudo para a defesa. Ao longo do rio se abriu uma trincheira inexpugnável. Caminhões descarregaram tropas em todos os pontos. As metralhadoras foram ajustadas, os fuzis engraxados, os caixotes de munições abertos. Costureiras solícitas pregaram botões nas fardas dos praças mais relaxadas. Nas barbearias os vidros de loção estrangeira se esvaziaram na cabeça dos sargentos. Era de guerra o ar que se respirava.

A noite encontrou os combatentes a postos. Na trincheira eles velavam apoiados nos fuzis. Sentinelas foram destacadas para vigiar a margem inimiga. Entre elas o sorteado Leônidas Cacundeiro.

———

Era infeliz porque sofria de dor de dentes crônica, piscava sem parar e gaguejava. Foi para o seu posto de observação, deitou-se de barriga num cobertor velho. Só o busto meio erguido, ficou olhando na frente dele de fuzil na mão. Tinha ordens severas: vulto que aparecesse era mandar tiro nele. Sem discutir.

Leônidas Cacundeiro deu de pensar. Pensava uma coisa, o ventinho frio jogava o pensamento fora, pensava outra. Tudo quieto. Ainda bem que havia luar. Do alto da ribanceira ele examinava as águas do Jacaré. Ou então erguia o olhar e descobria nas nuvens a cabeleira de um maestro, um cachorro sem rabo, duas velhinhas, pessoas conhecidas.

Agora o frio era o frio da madrugada. O doutor Adelino costumava dizer: Quando vocês sentirem frio pensem no Polo Norte e sentirão logo calor. Pensou no Polo Norte. Lembranças vagas de uma fita vista há muito tempo. Gelo e gelo e mais gelo. No meio do gelo um naviozinho encalhado. Homens barbudos, jogando fumaça pela boca, encapotados e enluvados, com cachorros felpudos. Duas barracas à esquerda. E aquela branquidão. Forçou bem o olhar. Um urso pardo com duas bandeirinhas. Um urso em pé com uma bandeirinha na pata direita, outra bandeirinha na pata esquerda. Nenhuma arma.

Deu um berro: Alto!

Ficou em posição de tiro. O soldado não podia mesmo dar um passo à frente se não caía no rio. Começou a mexer com os braços. Levantava uma bandeirinha, abaixava outra, levantava as duas.

Leônidas pensou: Que negócio será aquele?

Foi chamar o sargento. O sargento veio, olhou muito, disse: Que negócio será aquele? Vá chamar o tenente!

Leônidas foi chamar o tenente, veio correndo com ele. O tenente limpou os óculos com o lenço de seda, verificou se o revólver estava armado, olhou muito, falou coçando a nuca: Que negócio será aquele? Vá chamar o major!

Leônidas partiu em busca do major. No acampamento não estava. Foi até Boniteza. Encontrou um cabo. O cabo mandou Leônidas bater na casa da viúva dona Birigui ao lado do Correio. O major apareceu na janela com má vontade. Resmungou: Já vou. Leônidas comboiou o major até o rio, o major teve uma conferência com o tenente, subiu num pé de pitanga, falou lá de cima: Que negócio será aquele? Vá chamar o comandante!

O anspeçada primeiro não queria acordar o comandante. Eram ordens. Leônidas insistiu firme e o comandante teve de pular da cama. Leônidas fazendo continência explicou o caso. O coronel disse: Às seis estou lá.

———

Eram cinco. Leônidas voltou com o recado. O major, o tenente, o sargento estavam nervosos. De vez em quando um deles chegava mais perto da margem e o soldado do outro lado recomeçava a ginástica: bandeirinha na frente, bandeirinha atrás, bandeirinha apontando o céu, bandeirinha apontando o chão. Ia repetindo com uma paciência desgraçada.

Então já havia passarinhos cantando, barulho de vida em Boniteza, só a cara amarrotada dos insones não resplendia na luz da manhãzinha. Toques de corneta chegavam de longe despedaçados. Na banda de lá do Jacaré o homem da bandeirinha habitava sozinho a paisagem com uma vontade louca de tomar café bem quente e bem forte. Era a hora da raiva e todos se espreguiçavam com o sol que chegava.

O coronel Jurupari ouviu calado a narração do estranho caso. Fez em seguida duas ou três perguntas hábeis com o intuito de esclarecê-lo tanto quanto possível. Chamou de lado o major e o tenente, os três discutiram muito, emitiram suas opiniões sobre assuntos de estratégia e balística que pareciam oportunos naquela emergência, fumaram vários cigarros. Afinal o coronel entre o major e o tenente avançou até a margem de binóculo em punho. Assim que ele assestou o binóculo da outra banda do Jacaré recomeçou a dança das bandeirinhas. O coronel olhando. A sua primeira observação foi: É um cabo e não tem má cara. Depois de uns minutos veio a segunda: Hoje é dor de cabeça na certa com este noroeste. A terceira alimentou ainda mais a já angustiosa incerteza dos presentes: Mas que negócio será aquele? Daí a uns instantes repetiu: Mas que diabo de negócio será mesmo aquele? Porém acrescentou numa ordem para o Leônidas: Vá chamar o sinaleiro!

O sinaleiro veio chupando o nariz. Olhou, deu uma risadinha, tirou um papel e um lápis do bolso traseiro da calça, ajoelhou-se com uma perna só, pôs o papel na coxa da outra, passou a ponta do lápis na língua, começou a tomar nota. Dava uma espiada, as bandeirinhas se mexiam, escrevia. O coronel Jurupari, o major, o tenente, o sargento e o sorteado Leônidas Cacundeiro esperavam o resultado de armas na mão e ansiedade nos olhos.

O sinaleiro se levantou, ficou em posição de sentido e com voz pausada e firme leu a mensagem enviada pelos revolucionários de Caguaçu: Saúde e Fraternidade.

O coronel mandou responder agradecendo e retribuindo. Ex-corde.

Diário de São Paulo, São Paulo, 2 jun. 1929 (Coleção António de Alcântara Machado, IEB-USP).

AS CINCO PANELAS DE OURO

Dona Esmeralda Foz era filha de dona Gertrudes Lemos que em Jataí-Estação muito fez pelo espiritismo. Tidoca Lemos morreu desprevenido, dona Gertrudes ficou nervosa com a incerteza do destino que tivera a alma do marido. Daí o ter entrado para sócia contribuinte do Centro Espírita Amigos de Jesus. Logo na primeira reunião Tidoca apareceu pigarreando seco (velho cacoete dele), disse que estava bem, mandou lembranças para os amigos, recomendou insistentemente à mulher que não deixasse de pagar os vinte mil-réis que ele morreu devendo ao tenente Euclides (orador oficial do Centro), falou nos deveres de amor e caridade para com o próximo e se despediu pigarreando seco. Dona Gertrudes virou espiritista fanática. Porém não pagou os vinte mil-réis devidos ao tenente Euclides. O que foi um dos motivos de cisma havido no Amigos de Jesus e imediata fundação do Companheiros de Cristo com dona Gertrudes no cargo de primeira secretária.

Por essa época dona Esmeralda tinha seus dezesseis-dezessete anos e já por qualquer coisa ria demais ou chorava demais. Ou ria depois chorava, chorava depois ria. Diziam para ela: O Inacinho do Areão caiu do cavalo. Ela ia e ria que era um despropósito. Acrescentavam: Bateu com a cabeça numa pedra, morreu. Ela ia e desandava a chorar soluçado de cortar o coração. Dá uma boa médium, pensou dona Gertrudes. E levou a filha no Centro.

Até então a médium preferida do Companheiros de Cristo era a filha do presidente maestro Angiolini. Chamada Celeste Aída. Logo se estabeleceu uma rivalidade tremenda. Porque Angiolini achava ruinzinhas as comunicações feitas por intermédio de Esmeralda. Espiritismo é como música. Precisa coração. O coração é que comanda. E a Esmeralda só tinha cabeça. Por seu lado dona Gertrudes atrapalhava com apartes caçoístas os discursos que os espíritos ditavam para Celeste Aída. A diretoria aí resolveu consultar Pai Jacob, protetor do Centro. Um médium de pencinê veio especialmente de São Paulo. Pai Jacob entrou nele e decidiu a questão a favor da filha do presidente. Dona Gertrudes protestou inflamada dizendo que a coisa lhe cheirava a tribofe. Esmeralda principiou a chorar. Dona Gertrudes agarrou na mão dela, antes de sair deu uma gargalhada satânica, gritou para Salvini: Você, seu carcamano, quando nasceu te jogaram duas vezes na parede: uma vez grudou, outra não! Esmeralda compreendeu, largou de chorar e riu até a mãe dizer chega com dois beliscões.

Meses depois dona Gertrudes se mudou para Jataí-Vila e casou a filha com um moço muito bom, Nicolau Foz, empregado da Luz e Força e oposicionista vermelho. Dias depois morreu de susto. Tarde da noite explodiu perto da casa dela uma fábrica de fogos. Dona Gertrudes foi encontrada já fria apertando contra o peito *O triunfo na vida terrena pelo magnetismo pessoal* do professor E. Bedlamite de Columbus, Ohio, U.S.A. Morreu de susto.

A filha sofreu muito. Gostava da mãe. E morta a mãe passou a gostar do único bem do espólio: uma cachorrinha peluda. Muito vagabunda mas muito célebre. Tinha sido presente de uma comadre da *de cujus*. Dona Gertrudes a recebeu novinha com dias apenas. E já batizada Goiabada. Nome horrível que dona Gertrudes resolveu mudar. Consultou a filha, a filha pediu um dia para pensar, pensou e sugeriu dois a escolher: Florzinha e Violeta. Dona Gertrudes recusou, passou em revista outros e afinal se decidiu por Doroteia Cabral. Daí a celebridade. Toda gente fez questão de conhecer Doroteia Cabral. E dona Gertrudes explicava: – Os animais não são nossos irmãos inferiores? Pois então, ué! Devem ter nome de gente! Por isso o genro se animou um dia a observar: Se a cachorrinha tem direito a nome de gente tem direito também a apelido. Doroteia Cabral é muito comprido: fica sendo Teteia. Dona Gertrudes não discordou. Fez porém uma restrição: Não há dúvida. Teteia está bem. Mas só na intimidade.

Enquanto crescia o amor de dona Esmeralda (que não tinha filhos) pela Teteia grandes sucessos modificavam a vida do país. E Jataí-Vila (cidade, cabeça de comarca, mas sempre Jataí-Vila para distinguir de Jataí-Estação onde passavam os trilhos da Boigiana) foi teatro de muitos e variados acontecimentos. Com seus quatro mil e setecentos vizinhos há muitos anos vivia empenhada em furiosa luta política: de um lado os partidários de Zequinha Silva desde cinco lustros chefe do situacionismo, de outro os do major Mourão (alentejano de nascimento) e seu braço direito Nicolau Foz. Aqueles eram os perrepistas. Estes os oposicionistas. Luta local só. Os antiperrepistas também pertenciam incondicionalmente ao P. R. P. Mas ao P. R. P. estadual, ao governo. Nunca ao de Zequinha Silva. A ambição deles era constituir um dia com sua gente o P. R. P. de Jataí-Vila. Obedeciam à orientação de um deputado que em Jataí-Estação era situacionista, em Jataí-Vila oposicionista. E tecia seus pauzinhos na Capital junto aos chefões para derrubar o tiranete de Jataí-Vila que a oposição não se cansava de apontar como indigno dos nossos foros de civilização e cultura.

A coisa porém continuava no mesmo pé sem dar esperanças de modificação próxima. Até que veio o movimento revolucionário de outubro de 1930. Então principiou uma emulação desesperada. Todas as provas iniludíveis de dedicação à causa da legalidade (o que equivalia dizer à causa sagrada do Brasil unido) foram dadas pelos dois partidos. Zequinha Silva telegrafava solidariedade aos presidentes da República e do Estado, o major Mourão imediatamente fazia o mesmo. Fazia mais: estendia essa solidariedade inabalável ao ministro da Guerra, ao ministro da Marinha, ao presidente da C. D. do P. R. P., ao secretário da Justiça e ao chefe de polícia do Estado. E quando Zequinha resolveu organizar um batalhão patriótico a oposição anunciou a formação de dois: infantaria e cavalaria. Porém Zequinha Silva contava com maior número de elementos. Trinta e dois sujeitos pegados à força pelo subdelegado Tolentino foram convenientemente calçados e seguiram logo sob o comando do cabo do destacamento. Este levava uma carta do diretório para o secretário da Justiça pedindo que os voluntários de Jataí-Vila fossem aproveitados na faxina dos quartéis da Capital "para sossego de suas respeitáveis famílias, cujo patriotismo honra sobremaneira as nossas gloriosas tradições bandeirantes". Passados uns dias a viúva Mané Bindão (inventora e fabricante única de um doce chamado beija-me devagar) recebeu carta do filho dizendo que a coisa em Itararé estava bem preta. A viúva Mané Bindão foi na casa do Zequinha e amaldiçoou a família Silva até a última geração. A oposição pulou nas ruas de contentamento. Pulou um dia só entretanto: o governo mandou perguntar para o major Mourão se os homens dele seguiam ou como era. O major respondeu que estavam de partida. Foi uma vergonha. O Afonso Henriques, filho do major, afundou no mato com dois primos. António Vicente de Camargo Júnior, um dos chefes oposicionistas, declarou que não criara filho para carne de canhão. E assim todos. Até que Nicolau teve uma ideia. Três léguas para o norte em São Benedito do Alecrim, nas divisas de Minas, havia dois batalhões em pé de guerra: um paulista aquartelado no Grupo Escolar Marechal Deodoro, outro mineiro no Grupo Escolar Marechal Floriano. Os dois prédios ficavam na mesma rua. Mas seus ocupantes trocavam gentilezas. Cada batalhão só esperava a hora de aderir ao adversário. Pois então: era comunicar para o governo que o pessoal oposicionista de Jataí-Vila iria reforçar a tropa de São Benedito do Alecrim. E estava tudo arranjado.

    Não estava. O governo mandou ordem para os homens partirem sem demora para a Capital. Aí seria resolvido o destino deles. Que remédio? O major Mourão recrutou três matadores profissionais, dois ladrões de cavalos, um preto maluco que pensava que era relógio e vivia no largo da matriz movendo os braços que nem ponteiros, um surdo-mudo de nascença e um tal Chico Rosa mais conhecido por Chico Perna-de-Pau. Os matadores e os ladrões custaram cem mil-réis por cabeça: quinhentos mil-réis que o major desembolsou sem a mulher saber. A Filarmônica Doutor Quirino tocou o Hino Nacional, António Vicente fez um discurso patriótico, os homens subiram num caminhão, o Laudelino Pinto do Centro Cultural gritou: "Que cada um traga uma orelha do Bernardes, são os meus votos sinceros!", e toca para Jataí-Estação pegar o trem. A Filarmônica em outro caminhão e os chefes oposicionistas num torpedo foram escoltando.

— Assim a gente tem a certeza de que os maganos embarcam, disse o major.

— Que não desertam antes de chegar na estação, corroborou Nicolau.

— Eu sapeco outro discurso neles quando o trem chegar, prometeu António Vicente.

Seguiram já a noite vinha descendo. Daí a vinte minutos estavam chegados. Estação pequetita, encheram a plataforma. A Filarmônica iniciou imediatamente a Canção do Soldado Paulista. E o major dava suas últimas instruções aos bravos de Jataí-Vila quando o chefe da estação chegou todo transtornado.

— Seu major!

Seu major suspendeu as instruções, ficou esperando.

— Seu major! Deu-se!

— O quê?

— A coisa!

— Hein?

— A coisa! O Washington!

— Não percebo, homem!

— AREVOLUÇÃOVENCEU!

— Estás doido!

O chefe da estação ficou possesso:

— Eu, doido? O senhor é que está maluco! Se não é analfabeto leia isto!

Tirou do bolso um papel, encostou na cara do major. O major pegou no papel, deu para Nicolau ler. Nicolau leu:

– 5-0-9. 7-1-3. Centenas invertidas pelos cinco...
O chefe deu um pulo.
– Não é esse!
Arrancou o joguinho das mãos do Nicolau, meteu no bolso, puxou outro papel, leu, deu para Nicolau ler. Nicolau leu três vezes. Ia ler outra vez com os olhos cada vez mais esbugalhados mas o major não deixou.
– Dize lá do que se trata, vamos!
Nicolau devolveu a cópia do telegrama para o chefe, o chefe saiu correndo para avisar outros. Nicolau puxou o major e António Vicente de lado e falou:
– A revolução venceu no Rio! O Washington fugiu!
O major rugiu:
– Lérias! Aquilo é um homem, homem! Não sabe o que é fugir!
– Telegrama oficial, seu major!
– Pois se é oficial, a revolução não venceu! Telegrama oficial só pode ser do governo! O governo está de pé!
António Vicente procurou chamar o major à razão. O major teimou. Começaram a discutir. O sino da estação anunciou a saída do trem de Engenheiro Abrunhosa: daí a minutos estava em Jataí. Um vivório se ouviu longe. Coisa indistinta. Os três abriram bem os ouvidos.
– Júlio! disse o major. Que é que lhe dizia eu?
– Getúlio! disse Nicolau. Ouvi perfeitamente.
– Escutem! suplicou António Vicente.
O vivório foi se chegando. Começou o foguetório também.
– Júlio! disse o major. Não tem discussão!
– Getúlio! disse Nicolau. Getúlio Vargas!
– Esperem! pediu António Vicente.
Esperaram. O foguetório não deixava os três perceberem bem o vivório. Mas de repente juntinho deles explodiu com tanta violência um Viva o doutor Getúlio Vargas que os três até recuaram de susto. E Chico Perna-de-Pau repetiu o viva. O major indignado ia gritar com o Chico mas os matadores profissionais e os ladrões de cavalo sacaram das garruchas e deram de atirar para todos os lados. O major se agachou atrás de um banco gritando:
– Não me matem que eu sou português!

Chico Perna-de-Pau perguntou:
– Quem é que é português?
António Vicente subiu no banco e gritou desvairado:
– Abaixo a plutocracia!
Os voluntários de Jataí-Vila, esgotadas as munições, corresponderam:
– Viva-a-a!
António Vicente tornou a gritar:
– Abaixo os opressores do povo!
E os voluntários de Jataí-Vila delirantes:
– Viva-a-a!
A estação já estava cheia de revolucionários. O trem chegou. Vivórios e mais vivórios. O trem partiu. O major no meio do povo bradava:
– Que eu sabia que vinha lá isso sabia! Mas, caramba rapazes, nunca pensei que viesse já! Viva Jataí-Vila!
– Morra! berrou um mulato no ouvido do major. Isto aqui não é Jataí-Vila!
O major pediu muitas desculpas mas o mulato não queria desculpas. Queria dez pilas para beber à saúde do Isidoro. E exigia um viva ao Isidoro.
– Viva! disse o major. Toma lá cinco mil-réis que dez não tenho.
O Nicolau conferenciava na sala do telegrafista com o doutor Querido que desde a monarquia era oposicionista na zona.
– Está feito!
Disse isso e saiu à procura dos companheiros. Arrancou o major das mãos de um italiano recém-chegado da Penitenciária que já obrigara o major a dar três morras (Morra Mussolini, Morra Matarazzo e Morra D'Annunzio), interrompeu um discurso de António Vicente sobre a revolução francesa, arrebanhou com promessas os músicos e os voluntários, saiu com eles da estação. Em dois tempos conseguiu convencer todos a voltar imediatamente para Jataí-Vila tomar conta do governo.
Com uma provisão de foguetes e bombas de paredes chisparam na estrada. E entraram em Jataí-Vila de escapamento aberto. No caminhão da frente os voluntários soltavam foguetes e jogavam bombas. A seguir no torpedo de capota descida os chefes da oposição vivavam a democracia brasileira e gritavam para os que abriam bocas de espanto nas calçadas e janelas: Vencemos! Por último os músicos tocavam o Hino a João Pessoa. Foram direito para o largo da matriz. Fez-se um ajuntamento de uns trinta

sujeitos. António Vicente arengou. Enquanto ele arengava o coronel chamou um negrinho:

— Corre lá em casa e dize a Emília que vencemos!

O negrinho voltou logo com a Emília. E a Emília louca de alegria:

— Já telegrafaste ao senhor doutor Washington com as nossas felicitações?

O major explicou. E ela rebentou:

— Tu mandas dizer-me que vencemos eu penso que venceram os legalistas! Agora se é para perder de uma vez a vergonha viva esse tal de Getúlio e mais a cambada toda!

Deu meia-volta e se retirou muito digna. Deixando o major frio. Mas daí a pouco chegou fardado o coronel Cerqueira, veterano do Paraguai, com o peito cheio de medalhas, imensamente comovido, derrubando lágrimas. Abraçou o major dizendo:

— Um abraço, meu bravo! Conte comigo! Quando é que chega o Imperador?

O major ficou sem saber o que responder, a filha do coronel Cerqueira fez uns sinais desesperados, o major compreendeu, respondeu:

— O Imperador? Ah, sim! Sua Majestade não demora está aí para nossa felicidade! Eu aviso o dia exato da chegada! E agora vá para casa que a noite está fria!

O coronel se retirou pelo braço da filha. António Vicente alheio ao que se passava em torno continuava arengando. Nicolau mandava recados. E ia chegando gente, iam chegando moleques, todos os moleques de Jataí-Vila. Nicolau contou por alto os presentes. Cassou a palavra de António Vicente (Me deixa ao menos meter a ronca na Bastilha! Eu ainda não falei na Bastilha!) e gritou:

— Quem for brasileiro que me acompanhe!

Houve uma indecisão. Porém o Lázaro Turco da Verdadeira Loja Síria falou:

— Como é, pessoal? Patriotismo!

E o pessoal acompanhou. Menos o Janjão porteiro do Grupo:

— Enquanto eu não ler isso no *Correio Paulistano* eu não acredito mesmo!

Ocupada a cadeia (o delegado desaparecera vestido de mulher, disseram muitos que juraram ter visto), os revolucionários soltaram dois negros desordeiros, um leproso e a Mariazinha Louca que encontraram acorrentada anunciando para breve o Juízo Final. Nicolau não queria libertar Mariazinha antes de tirar uma fotografia para mostrar os métodos inquisitoriais dos déspotas vencidos. Mas António Vicente propôs coisa melhor:

— A gente solta a peste e no lugar dela acorrenta o Zequinha Silva para ele ver se é bom.

A casa do Zequinha Silva estava com a porta e as janelas de pau cerradas quando o grupo parou em frente dando morras. Vai ver que já abriu o chambre, pensou Nicolau. Bateram, ninguém veio abrir. Mas logo depois os gritos de Arromba! Arromba! fizeram com que uma das janelas se abrisse e espiasse uma pretinha de olho assustado. António Vicente mandou:

— Vá chamar seu patrão!
— Sim senhor!

Demorou um instante, voltou.

— Dona Trindade manda dizer que o patrão não pode vir não senhor porque a filha dele dona Isolina está tendo filho.

— Mentira! berrou Nicolau. Diga pra ele que venha se não nós arrombamos a porta e fazemos uma gravata nele!

A negrinha foi dizer. E Nicolau não tinha acabado de explicar para o major o que era uma gravata gaúcha quando a parteira dona Gegé apareceu na janela.

— Vão embora, seus vagabundos, seus covardes! A criança nem bem nasceu e vocês já querem estragar a vida dela! Seus assassinos!

Houve um silêncio. E no silêncio se levantou a voz amável do major:

— Ah? Nasceu mesmo? Pensamos que fosse broma! É homem ou mulher?

— Não é de sua conta! disse dona Gegé e bateu a janela na cara dos patriotas.

António Vicente falou:

— E agora?

O entusiasmo tinha esfriado. O major arriscou:

— Vamos todos para as nossas casas que o dia já foi muito bem ganho.

— Vão vocês, falou Nicolau. Eu não durmo esta noite.

Não dormiu. Com três ou quatro mais dedicados passou a noite inteira tomando providências. E o major acordou no outro dia presidente da junta provisória de Jataí-Vila. O que reconciliou dona Emília com a revolução:

– Assim está conforme! Os valores prá frente, é o que se quer!

A junta Mourão-Nicolau-Vicente tomou conta de Jataí-Vila dois dias com poderes discricionários. Na manhã do terceiro chegou o delegado mandado de São Paulo: doutor Santos Dumont Salomão. A junta foi destituída e nomeado prefeito o agente da Ford, Idílio Madeira. Despeitadíssimo o pessoal da ex-junta organizou o Bloco dos Destemidos ou Os 18 de Copacabana. O doutor Salomão se viu meio fraco, procurou se chegar ao Zequinha. Mandou dizer para ele que quando precisasse de garantias de vida era só dar uma telefonada. Preparando terreno para uma aliança no momento oportuno. Nicolau ficou fulo com tais manobras. Telegrafou para S. Paulo protestando mas São Paulo não deu resposta. Recorreu então ao mimeógrafo da Papelaria Humaitá. Todos os dias Jataí-Vila se enchia de manifestos xingando os usurpadores adventícios: doutor Santos Dumont Salomão ("filho de mascate sírio com mulata senvergonha") e Idílio Madeira ("brasileiro, sim, mas natural da terra de Calabar"). O doutor Salomão reagiu conservando 24 horas no xadrez o Afonso Henriques Mourão acusado de ter desencaminhado uma menor três anos antes. E organizou o Bloco dos Animosos ou Os Mártires da Clevelândia. Os Mártires se reuniam à noitinha no largo da matriz e quando se sentiam de fato Animosos marchavam para a casa do prefeito berrando: Nós queremos Madeira! E merecem, escreveu Nicolau num de seus manifestos.

Então vendo as coisas assim mal paradas o vigário resolveu pacificar os espíritos. A matriz estava sendo reformada. Engrandecida até com um altar dedicado a Santa Joana d'Arc. A primeira quermesse tinha rendido pouco apesar dos esforços da comissão presidida por Zequinha Silva. Padre Zoroastro pensava realizar outra com umas dez barraquinhas pelo menos. Bonito pretexto para a paz.

Padre Zoroastro foi falar com o doutor Salomão. Provou para ele a vantagem de uma concórdia e a oportunidade que para ela oferecia uma obra de religião e caridade. Aparentemente ninguém cedia, ninguém dava parte de fraco. Sobrevindo um motivo de ordem superior o acordo se fazia para garantir à quermesse o êxito que não podia ter se realizado num ambiente de ódios. Padre Zoroastro sabia convencer. E tinha um modo de falar irresistível: falava

baixinho, devagarzinho, perguntava: não é? se encontrava resistência ele mesmo respondia: é, não ligava às objeções nem escutava o que os outros diziam, continuava falando, caceteando, embalando de mansinho, os outros concordavam cochilando já. Doutor Salomão não fez exceção e disse:
— Pois sim.

Padre Zoroastro saiu da delegacia, foi para o escritório da Luz e Força. Mas não contou para o Nicolau que já tinha estado com o doutor Salomão. Repetiu só o que havido falado pouco antes. Naquele tonzinho sumido de confessionário. Sempre igual, sempre igual.

— Escute, padre Zoroastro! exclamava de vez em quando Nicolau.

Sem acrescentar palavra, padre Zoroastro tinha ido lá falar, não tinha ido ouvir. Isto é: tinha ido ouvir o sim, só o sim. Enquanto esperava a hora do sim falava para impedir o não. Nicolau disse o sim quando – depois do último não é? é – padre Zoroastro deu licença para ele dar um pio.

E o acordo se fez. O doutor Salomão continuava na delegacia e o Idílio na prefeitura prestigiados daí em diante pelos 18 de Copacabana. Sob duas únicas condições: a prefeitura não dava andamento aos executivos por impostos atrasados que tinha em juízo contra Nicolau e a delegacia deixava sossegado o Chalé Felizardo de que era proprietário um irmão do major. Acordo que não agradou nada alguns dos 18 de Copacabana. No Bar Ideal um descontente chegou a falar em traição na cara de Nicolau. Nicolau ficou muito vermelho. E tratou de mudar de assunto. O descontente (cuja brutalidade como centro-médio do Águia de Haya F. C. era famosa) percebeu a fraqueza do chefe, tornou a falar em traição e de mau começou a acariciar o gargalo da garrafa de cerveja Tip-Top. Nicolau empalideceu, balbuciou uma desculpa boba, caiu na rua. Então ouviu uma risada irritante. Irritou-se. Seguiu para a delegacia e lá exigiu a remessa de um bilhete azul para o descontente que era fiscal do serviço contra a broca do café. O doutor Salomão porém não concordou. E Nicolau foi para casa se remoendo de raiva. De tanta assobiou uma hora inteirinha o *Miserere* do *Trovador*. Não assobiou mais porque dona Esmeralda veio chamar para dormir.

— Vá você. Eu vou depois.

— Logo hoje que eu estou tão nervosa, Nicolau! Você sabe que eu não durmo sozinha quando estou nervosa!

— Então não dorme nunca. Nervosa por quê?
— Teteia está passando muito mal.
— Que é que tem a excelentíssima?
— Não sei: uns tremores, uns vômitos, umas coisas esquisitas.
Foram ver a Doroteia Cabral. Nicolau olhou bem para ela, depois disse:
— Está agonizando.
Dona Esmeralda pôs as mãos na cabeça e se encostou no marido chorando.
— Ora, Esmeralda! Que é que significa isso? Não se pode mais brincar então? Você não conhece a anedota do português? Pensei que você conhecia. Por isso é que falei assim.

Esmeralda com a cabeça no peito de Nicolau engoliu umas lágrimas e perguntou entre dois soluços horríveis:
— Que anedota, hein?
Nicolau contou fazendo cafuné na mulher:
— Eu acho que já contei pra você. Não se lembra? Aquele português que estava muito doente e com um medo danado de morrer. Então para levantar o ânimo dele chamaram um grande amigo que ele tinha. O amigo veio, chegou perto da cama, sorriu para o doente e disse com jeito de carinho: Agonizantezinho, hein?
Esmeralda se desprendeu do marido.
— Essa é formidável!
E rompeu numa gargalhada nervosa.
— Não ria tanto, Esmeralda! Faz mal pra você!
Ela queria dizer que não fazia, mas não podia, se sacudia toda de riso. Nicolau então pegou na Doroteia Cabral com muito nojo e levou para a cozinha. Deitada de lado perto do fogão Doroteia Cabral sacudiu as patas, vomitou, jogou a cabeça para trás, morreu. Nicolau voltou para o quarto.
— Morreu, coitada.
Esmeralda pranteou a morte de Doroteia Cabral (Ah minha mãe, minha mãe! dizia) até cair de cansaço nos braços de Nicolau.
— Vamos dormir para esquecer este dia. Dia mais desgraçado!
Foram dormir.
— Acenda a vela que no escuro eu não durmo.
Nicolau acendeu a vela, se deitou encolhido, cobriu a cabeça com o lençol.

— Não cubra a cabeça assim que eu fico com medo.
— Feche os olhos.
— Não posso.

Nicolau deu um suspiro, puxou o lençol para baixo, enterrou a cara no travesseiro. Dona Esmeralda virava para a direita, dava com a chama da vela, virava para a esquerda, não achava jeito, se impacientava.

— Nicolau! Passa a vela pro seu lado, faz favor!

Nicolau pegou no castiçal, pôs no criado-mudo dele. Sem dizer palavra. Tornou a meter a cara no travesseiro. Fechou os olhos. Aí viu a chama da vela. Apertou bem os olhos. A chama foi diminuindo, diminuindo, morreu. O relógio da matriz bateu horas. Dona Esmeralda contou: um, dois. E acrescentou: feijão com arroz. Continuou: três, quatro — feijão no prato. Está errado. Devia ser: uma, duas. Hora é feminino. O professor da Escola 15 de Novembro, seu Mesquita, que sujeito engraçado. Que horas são? Meio-dia e meio. Ó ignorância quadrupedal. Meio-dia e meio quer dizer seis horas da tarde: meio-dia mais meio-dia. Meio-dia e meia é que você quer dizer, seu idiota. Quando o bispo de Samburá foi visitar a Escola seu Mesquita se atrapalhou, gritou: — Viva o senhor doutor bispo! E a meninada jogou pétalas de rosa. Padre Dito quase estourou de rir. Que homem bom. Não quis ser bispo. Dava tudo para os órfãos. Morreu a cavalo. Vinha do sítio. Teve uma síncope, caiu pra frente mas não caiu do cavalo. Entrou na cidade assim. Abraçando o pescoço do cavalo. E o cavalo andava devagarzinho para não derrubar padre Dito. Milagre verdadeiro. Aquele sim: era um santo. Está enterrado — onde é que está enterrado mesmo? — está enterrado aqui mesmo. E Doroteia pobrezinha? A gente enterra no quintal. Depois planta umas flores. Não precisa cruz. Padre Dito parece que chegou a conhecer Teteia? Chegou. Ele morreu quando a torre da matriz caiu. Era um santo mesmo. Gostava muito de jardinar. E que jardim bonito. Tem jasmim, tem perpétua, tem cravo de defunto, tem camélia. Camélia é flor de muita estimação mas só no pé. No vaso perde muito. Amarelece. Fica bom um pé de camélia na sepultura de Teteia. Que diabo. A modo que vem gente. E olhe que vem mesmo. Bom dia, minha filha. A bênção, padre Dito. Que é que você está fazendo no meu jardim, Esmeralda? Estou escolhendo uma planta bonita para plantar na sepultura de Doroteia Cabral. Morreu?

Morreu hoje. Mas isso é pecado, minha filha. Não sabia. Deus não fez as flores para enfeitarem sepulturas de animais. Não sabia: desculpe. Deus fez as flores para enfeitarem os altares das igrejas. Eu vou enfeitar um, então. Diga antes como vão as obras da matriz. Vão bem, muito obrigado, muito obrigada. Não tenha medo de mim, Esmeralda. Tal seria, padre Dito. Senta aqui neste banco que eu quero contar um segredo pra você. Às ordens, padre Dito. Você conhece meu túmulo? Conheço, sim senhor. No meu túmulo tem cinco panelas cheinhas de ouro. Sim senhor, padre Dito. Você vá lá, desenterre as panelas e dê para a comissão das obras que o ouro é para acabar com a reforma da matriz que já está demorando muito. Eu vou hoje mesmo, padre Dito. Vá com Deus, minha filha. E a Virgem Maria, padre Dito. Deixa te dar um beijo, minha filha. O senhor disse um, padre Dito. Eu não sou o padre Dito. Me larga que eu grito. Eu sou o Anticristo. Eu grito, eu grito. Gritou. Nicolau acordou.

— Que é isso, minha filha?

— Não me chame de minha filha! Onde é que eu estou? Ai, eu morro com esta aflição! Não se encoste em mim! Não se encoste em mim! Ah minha mãe, minha mãe!

A aflição só passou com água de flor de laranja tomada à força. Então dona Esmeralda sorriu, beijou muito o marido e contou o sonho.

— Ele disse cinco panelas só? Você tem certeza?

— Cinco: me lembro perfeitamente.

— Sei. Ele não disse que espécie de moedas era? Libras esterlinas por exemplo? Ou dólares? Tem dólares de ouro se não me engano...

— Isso ele não disse.

Nicolau desistiu de dormir o resto da madrugada. Preparou café bem forte, bebeu duas xícaras, foi para a sala da frente, se estendeu no canapé, deu de fumar. Pensando.

— Esmeralda! Você ainda está acordada?

— Que é?

— Você acredita em sonhos?

— Acredito sim.

— Está bem. Veja se dorme.

De barriga para o ar imaginava coisas. Imaginava tão depressa, tão grandiosamente, que lutava contra a imaginação. Deus existe. Se existe. A justiça divina não falha. E vem mais depressa do que se pensa. Dormiu triste e humilhado e acordou rico. Primeiro pagava os impostos. Não precisava mais de esmolas. Depois São Paulo. Aplicava o cobre bem aplicado. Depois Rio. Depois Europa. Não. Estados Unidos. Conhecer aquele colosso. Para, imaginação. O dinheiro é para as obras da matriz. Olhe o castigo do céu. Mas não é justo isso. Quem tem o segredo do tesouro é dono do tesouro. Depois não havia perigo. Ia de noite no cemitério e desenterrava a dinheirama. Para, imaginação. O Crispim zelador já queimou uma madrugada os dois polacos da Colônia Sobieski que queriam avançar nos florões de bronze do túmulo. Do padre Dito mesmo. Subornar também não adianta. Quer dizer: é impossível. Melhor é revelar o segredo. Falar com padre Zoroastro e revelar não: vender o segredo. Para, imaginação. Padre Zoroastro não acredita nessas coisas. Homem, arranjava um capanga, matava o Crispim e pronto. Para, excomungada. Bobagem. Aquele retrato ali no *Diário* é da Greta Garbo. Ô boa. Onde será que ela mora? Para, senvergonha, cachorra, desgraçada. E o Zequinha Silva presidente da comissão? Desaforo. É preciso arranjar outro presidente, outro tesoureiro: ele. Aí está. Regime novo: gente nova. E o cobre com o tesoureiro.

— Você já está acordada Esmeralda?
— Eu não dormi.
— Que maçada! Vamos enterrar a excelentíssima?
— Enterre você sozinho. Você sabe que eu não gosto de ver enterro.

Doroteia Cabral foi sepultada dentro de uma lata de gasolina e perto de um mamoeiro. Nicolau tomou mais duas xícaras de café, se arranjou e saiu. Foi para o escritório da Luz e Força. Não parava sentado. Também não parava em pé. O gerente estranhou tanto nervosismo. Perguntou:

— Que é que há?
— Osvaldo Aranha. Isto é, desculpe, nada. Dormi mal esta noite. A Doroteia Cabral morreu.
— Não diga! Dona Esmeralda deve ter ficado bem triste?
— Ficou. Está doente até. Se me der licença eu vou ver como é que ela vai indo.

Padre Zoroastro não estava em casa. Nicolau ficou indeciso sem saber se devia ou não procurá-lo na matriz. Talvez fosse melhor conversar num lugar mais discreto. Porém a coisa era urgente. Era. Ia. Não ia. Começou a andar. Foi andando. Foi. De repente apressou o passo e tomou o caminho do cemitério.

Encontrou Crispim chupando num pito de barro perto do portão, ouvindo as queixas de um coveiro despedido por não ter mentalidade revolucionária.

— Que é que vem fazer aqui, seu Nicolau? Morte em casa, ainda que mal pergunte?

— É. Morreu a Doroteia Cabral. Mas não é isso não.

— Morreu? De quê?

— Não sei. Doença de cachorro.

O túmulo do padre Dito era logo na entrada. Olhou enviesado para ele.

— Estou pensando em mandar fazer um túmulo pra minha sogra.

Foi ver a sepultura da sogra. Era lá no fundo. Estavam abrindo uma cova perto.

— Quem é que vai ser enterrado?

— O Bastião.

— O Bastião da Filarmônica?

— Não. O pegador de cachorro.

— É o mesmo.

— Terceiro cachaceiro que a gente enterra este mês.

Deu uns passos em torno da sepultura da sogra para fingir que tomava a medida. E veio voltando. Bem devagarzinho. Olhando os túmulos. *Aqui jaz o doutor José Manuel Bacalhau*. Esse também morreu de cachaça. *À memória de dona Iracema Vaz de Castro Soares*. Pra quê dona agora? Passou a vida toda na cozinha. *Viandante, para! Aqui repousam os restos mortais de monsenhor Benedito Moura...*

— Então, Crispim, não vieram mais roubar os bronzes do túmulo, não?

— Que esperança! Eu tenho sono leve e pontaria certeira!

— Sei...

De cada lado do túmulo tinha um canteirinho de cravos. O anjo de mármore jogava flores sobre a lousa. Já tinha jogado cinco. Faltava ainda jogar três.

— O caixão está debaixo da terra?

— O senhor não esteve no enterro, seu Nicolau? Está no gavetão.

Debaixo da terra está nhá Belarmina. Faz já uns vinte anos. O túmulo foi feito por padre Dito quando muito uns dois meses antes de morrer.
— Tem razão. Não me lembrava.
Túmulo sólido, pesado. Gavetão duro de abrir. Tampa bem encaixada. Nem se perceberia que era tampa se não fosse o argolão de bronze.
— Monsenhor Benedito de Moura. Homem bom. Um santo.
— Que dúvida! Cada vez que vinha aqui arranjar o jardinzinho...
— Que jardinzinho?
— Ué! O jardinzinho que tinha! Antes do túmulo só tinha um jardinzinho e uma cruz no meio. Desse jardinzinho é que padre Dito cuidava todas as semanas que Deus dava. Quando podia ajudava ele. E ele já sabe: me...

Nicolau disse de repente:
— Até outro dia, Crispim!

Não podia mais. Se ficava mais um minuto se traía, contava tudo. Mas meu Deus do céu, como é difícil a gente guardar um segredo assim dentro da gente. Hoje mesmo precisava resolver tudo. Senão não aguentava: morria de aflição. Agora é ir almoçar que já são horas. Nem se discute: padre Dito com a desculpa de arranjar a sepultura da velha o que fazia era enterrar ouro e mais ouro, o filho da m...
— Está falando sozinho, rapaz?
— Hein? Ah sim! Estava fazendo uns cálculos. Estou com muita pressa. Lembranças em casa. Passar bem, Abílio. Apareça.

Depois do almoço mandou dona Esmeralda dizer para o major e o António Vicente que estava doente sem poder sair de casa mas que queria muito conversar com eles. Eles que viessem logo. E na reunião convenceu os companheiros políticos de que era uma infâmia a permanência de perrepistas na comissão das obras da matriz. Era preciso organizar outra com o major na presidência e ele Nicolau feito tesoureiro. Assentado isso dona Esmeralda foi buscar padre Zoroastro. Padre Zoroastro foi dizendo que sim com a cabeça mas na hora de resolver a coisa falou:
— Está tudo muito certo. Porém não pode ser.
— Por que que não pode ser?
— Não pode ser porque Zequinha Silva é pessoa — não é? — de muita confiança do bispo. É.

E não permitiu mais que Nicolau abrisse a boca. Não é? é, os amigos bem compreendiam a situação, não é? é, apertou a mão dos três, foi-se. Botando Nicolau no auge da indignação. Começou a injuriar padre Zoroastro, a falar o diabo do bispo, a dizer coisas de Zequinha Silva, da filha de Zequinha Silva. Insinuou mesmo que entre dona Isolina e padre Zoroastro havia grossa patifaria. Então o major saiu de seu silêncio espantado:

— Mas afinal de contas, Nicolauzito dos meus pecados, o caso não tem assim tanta importância. Não se trata de cargos políticos. São cargos – como direi? – são cargos... técnicos!

— Olha a grande besteira!

De seu lado António Vicente não percebia também a causa de tanto ódio. Está claro que seria melhor arranjar outra comissão mas o bispo não querendo não valia a pena brigar com o bispo por tão pouco.

— Eu acho assim. Com saias a gente não briga que sai perdendo na certa.

Nicolau ia e vinha na sala bufando. Tapava os ouvidos quando os outros falavam, dava murros na parede, dizia palavrões. E por fim estourou:

— Vocês querem saber o que há, não é verdade? Vocês estão cheirando qualquer segredo, não é isso? Pois têm toda a razão: há um segredo! Eu conto! Não tenham medo não!

Contou à moda dele. E porque os outros assumiram uns ares incrédulos, até caçoístas, contou, gritou duas, três, quatro vezes o sonho da mulher.

— Carambas, carambolas! disse o major. É muito capaz de ser verdade mesmo! E olhem que as ervas são muitas!

— Mas quatro-quintas partes são pro Nicolau, disse António Vicente com um jeitinho malandro. Quase tudo é pro Nicolau! E o resto pra matriz!

— Naturalmente! disse Nicolau.

O major coçou a nuca, fechou os olhos, pensou, depois falou:

— Mas o nosso Nicolau tem que ser cordato, tem que ser camarada. Que diabo! A gente pode entrar aí num entendimentozinho... Hein? Que é que diz a isso o nosso amigo?

Nicolau não disse nada. E começou a andar de novo pisando duro. Houve um silêncio cacete. António Vicente acabou com ele:

— Talvez... Eu também penso assim... A bolada é grande, dá para satisfazer todos... Você não acha, Nicolau?

Nicolau parou na frente dos dois e falou:

— Digam com franqueza! Vamos! Desembuchem! O que vocês querem é ganhar no negócio, levar sua vantagenzinha, não é?

Os dois tentaram protestar mas Nicolau cortou a palavra deles:

— Pois muito bem! Eu já esperava isso! Quanto é que vocês querem? Mas fiquem desde já sabendo que da minha parte eu não cedo um tusta, ouviram bem? Agora na que é pras obras da matriz podem avançar à vontade!

O acordo custou. Mais de uma vez António Vicente pegou no chapéu e ofendido ameaçou se retirar. O major porém não deixava.

— Senta-te aí, homem! Não saias que te arrependes logo!

E foi ele que disposto a não perder o negócio forçou Nicolau a se contentar com sessenta por cento. Ele e António Vicente se comprometiam a auxiliar o amigo em qualquer terreno recebendo cada um quinze. Os dez restantes seriam para as obras da matriz.

— Está bem. Mas não está de acordo com a vontade de padre Dito.

— Deixa-te de bobagens, homem! Tu modificas o sonho e acabou-se! Quem é que vai provar que o padre disse coisa diversa à tua patroa? Olhe que até me acode um trocadilho bem feliz: fica o dito do padre Dito por não dito e pronto! Otimíssimo, hein? Não há nada como um bom negócio para pôr a gente alegre! Eu até sou capaz de pagar uma cervejinha!

Nicolau recusou. E despediu os amigos. Precisava de sossego para estabelecer um plano seguro a ser executado sem perda de tempo. Pensou o resto do dia, pensou parte da noite e na manhã seguinte combinou a coisa com os sócios.

Os 18 de Copacabana foram convocados para as 19 horas em casa do major. Compareceram dez. Nicolau arranjou mais uns malandros e marcharam todos incorporados para a casa de Zequinha Silva. A fim de exigir a renúncia coletiva da comissão. Ou ao menos a do presidente e tesoureiro que era o genro do presidente. Mas Zequinha Silva mandou dizer que não recebia ninguém. E quando a coisa já estava quente chegaram padre Zoroastro, o doutor Salomão e o prefeito Idílio. Discutiram na rua mais de meia hora. Afinal os 18 de Copacabana concordaram em que no dia seguinte haveria uma reunião na Câmara Municipal a fim de se resolver com calma e definitivamente o assunto, presentes as autoridades, interessados e pessoas conspícuas de Jataí-Vila. Concordaram a muque (Paulista não tem ânimo bélico!

costumava afirmar o prefeito Idílio) porque o doutor Salomão mandou chamar o destacamento.

Nicolau penou a noite toda, gastou a manhã limpando o revólver, encheu o tambor, pôs outras balas no bolso, beijou a mulher aflita, respondeu carrancudo ao sorriso da vizinha sua comadre, tomou a rua Siqueira de Campos (antiga Júlio Prestes), atravessou o largo Juarez Távora (antigo de São Paulo), deu um esbarrão distraído no solicitador Raimundo de Matos, não pediu desculpa, também não ouviu o palavrão do solicitador, passou pelo Correio sem perguntar se havia carta, entrou na Câmara Municipal com a braguilha da calça aberta.

— Abotoa aí! disse o major.

A sala das sessões já estava apinhada. Padre Zoroastro na presidência explicou os fins da reunião e deu a palavra para António Vicente. Este falou:

— Os que como nós costumam buscar no passado os ensinamentos para o presente sabem que na Idade Média várias expedições armadas chamadas cruzadas deixaram a Europa para arrancar Jerusalém das garras sacrílegas dos muçulmanos!

— Que é que nós temos com isso? perguntou o genro de Zequinha Silva.

— Muita coisa! Vossa Excelência não me deixou terminar o paralelo que pretendo esboçar! Com efeito, meus senhores, ao grito de Deus o quer! os cristãos do ocidente mais de uma vez se levantaram de armas nas mãos para expulsar da Cidade Santa os infiéis do oriente! Pois bem! Nós, os fundadores da República Nova, também nos levantamos ao grito de A revolução o quer! para exigir que os membros da atual comissão das obras da matriz, infiéis de 24 de Outubro, sejam destituídos e imediatamente substituídos pelos fiéis de Copacabana, pelos heróis...

Padre Zoroastro interrompeu:

— Eu acho que a discussão deve ser curta – não é? – e se cingir aos fatos. É. Devemos economizar nosso tempo.

— Também acho, excelentíssimo senhor presidente desta augusta assembleia! E é por isso...

— O que o senhor António Vicente pede é a substituição da comissão atual. Não é? E funda seu pedido no fato do senhor José Silva e demais membros da referida comissão não serem revolucionários. Pois então. Já estamos cientes. E eu vou dar a palavra ao senhor José Silva para dizer o que julgar conveniente a respeito. Fica bem assim. Não é? Tem a palavra o senhor José Silva.

Zequinha Silva principiou dizendo que desconhecia revolucionários em Jataí-Vila a não ser alguns de última hora. Colocava pois a questão em outro terreno. Achava que se devia somente indagar se a atual comissão era ou não composta de gente trabalhadeira e honesta. Porque ser revolucionário só não adianta.

– Eu sou produto do meu trabalho honrado! gritou o major.

– Como é mesmo? perguntaram.

– Ficam proibidos os apartes, falou padre Zoroastro. Não é melhor? Continue, seu Zequinha.

Zequinha provou documentadamente que a comissão presidida por ele sempre se houve com diligência e probidade. Em todo o caso desistia, por si e pelo genro, de continuar nela se a maioria dos presentes quisesse. Mesmo porque confiança não se impõe.

Padre Zoroastro disse que era melhor recolher logo o voto dos presentes. Os presentes (com exceção do major, António Vicente e Nicolau que queria a palavra para uma explicação pessoal) concordaram. E padre Zoroastro falou que antes de proceder à votação desejava ler para governo de todos uma carta do bispo de Samburá. Na carta o bispo dizia que, caso fosse destituída a comissão atual que lhe merecia a mais absoluta confiança, não autorizaria outra que se formasse a dirigir as obras da matriz e suspenderia estas até melhores tempos.

– Ah! É assim? berrou Nicolau. O senhor, padre Zoroastro, quer fazer pressão? O senhor se engana! Não estamos mais sob o domínio do perrepismo!

E a confusão se fez com injúrias pesadas. Mas padre Zoroastro ameaçou se retirar e conseguiu assim restabelecer a calma. Então disse:

– Senhor Nicolau Foz, saiba que eu não fiz mais do que cumprir o meu dever de pároco lendo a carta do excelentíssimo senhor bispo desta diocese. Não é?

– Perfeitamente! apoiaram.

– Mas se o senhor tem algum esclarecimento importante a dar e promete não se exaltar eu lhe concedo a palavra por cinco minutos.

Nicolau de olhos fechados fungava forte entre o major e António Vicente.

— Não tem nada a dizer? perguntou padre Zoroastro.

Nicolau abriu os olhos, viu o sorriso vitorioso de Zequinha Silva, pulou da cadeira, afirmou:

— Tenho! Tenho uma coisa a dizer!

— Não diga! disse António Vicente baixinho.

Nicolau se virou para o companheiro e falou:

— Digo!

— Diga de uma vez! gritaram.

— Pois digo! Se a comissão atual não for destituída...

— Ela tem a seu favor a honestidade com que tem agido! aparteou o prefeito.

— Em face da revolução não há direitos adquiridos! berrou António Vicente.

— Que asneira é essa? falou o doutor Salomão.

— Que que o senhor está dizendo? Asneira? São palavras textuais do ministro da Justiça!

— Está com a palavra o senhor Nicolau Foz! advertiu padre Zoroastro.

— Se não destituírem a comissão do P.R.P. eu não revelarei um segredo...

— Não revelaremos! secundou o major excitadíssimo.

— ...o qual o segredo foi contado pelo falecido padre Dito à minha senhora!

E a confusão se fez de novo. E padre Zoroastro de novo conseguiu restabelecer a ordem.

— Temos o direito de saber, não é?

Então aos berros Nicolau soltou tudo menos o lugar onde se achava escondido o tesouro. E padre Zoroastro desistiu de restabelecer mais uma vez a calma. Impossível. O genro de Zequinha Silva subiu na cadeira e começou a arengar sem ser ouvido. António Vicente só sabia dizer: Conheceram, papudos? Entre os que achavam que aquilo era uma mistificação ignóbil e os que pensavam que por via das dúvidas convinha verificar a coisa direito houve ameaças de tiros. O turumbamba estava armado. Puxaram o genro de Zequinha Silva por uma perna, deram uns tabefes nele, ele rolou no chão gritando: Basta, assassinos! Padre Zoroastro com muito custo salvou o coitado e se retirou com ele e Zequinha Silva abanando a cabeça.

— Sempre a maldita história do espiritismo estragando tudo! Não é? A mãe, a sogra, a mãe de Esmeralda, a sogra do Nicolau, já era assim!

Aos poucos os mais chegados a Zequinha Silva foram também saindo.

Disposto a aclarar o negócio do tesouro o doutor Salomão em pé na cadeira da presidência perguntou se estavam numa terra de bugres. O silêncio respondeu que não. E o doutor Salomão se declarou pronto a servir de intermediário entre os grupos adversos e fazer um acordo honroso.

— Não há acordo! disse Nicolau.

Para o doutor Salomão era chegada a hora de todos usarem da máxima franqueza. O senhor Nicolau Foz não queria fazer acordo. Prescindia assim da colaboração alheia. Mas que essa colaboração era indispensável para ele estava patente no fato do senhor Nicolau Foz, embora conhecendo o lugar onde se encontrava o tesouro, não haver até então se apossado dele.

— Porque fui educado na escola da honestidade! Sou brasileiro legítimo! De raça!

O doutor Salomão insistiu em que a hora só admitia cartas na mesa. A honestidade do senhor Nicolau Foz estava acima de toda e qualquer suspeita. Mas ele era de carne e osso como os outros. Se tivesse jeito de se apossar sozinho do tesouro já teria feito. Achava pois conveniente que antes de mais nada fosse revelado o lugar onde as cinco panelas de ouro estavam escondidas. O que foi aprovado com calor. As considerações do doutor Salomão tinham abalado a assembleia. Nicolau sentiu sobre ele e através dele sobre o tesouro o olhar ávido dos dois irmãos Tarantelli, do tenente Messias Jesus Conrado, do Alcibíades Valentim vulgo Ali-Babá, do Bibi, do Dadau, do Zizi, do doutor Teotônio, de todos os presentes, de todos os ausentes. Canalhada. Felizmente estava armado. Matava. Morria. Mas não dizia.

O doutor Salomão sentara-se fixando Nicolau. A assembleia sentou-se fixando Nicolau. O major se levantou:

— Somos todos pessoas de respeito e que se prezam, não é verdade? Pois muitíssimo bem. O que há a fazer é entrar num entendimento cordial com o nosso simpático amigo Nicolau a fim de que ele, certo de que não será prejudicado, possa revelar o lugar em questão. Pois não lhes parece assim?

— Compreendo, disse o doutor Salomão. O senhor Nicolau impõe condições.

— Condições não! falou o major. Ou melhor: existem condições mas quem as impõe é o próprio padre Dito que Deus tenha.
— Que condições? perguntou o doutor Salomão.
— Razoáveis, muito razoáveis, disse o major. Justíssimas até. E é preciso que sejam respeitadas. Está claro.
— Mas quais são elas? insistiu o doutor Salomão.
— O saudoso padre Dito faz absoluta questão que noventa por cento do dinheiro fique pertencendo ao nosso prestante amigo Nicolau empregando-se os dez por cento restantes nas obras da matriz... Então? São ou não...
— O quê?
— Está brincando!
— Bandalheira!
— Quanto leva no negócio?
— Que piratas!
A assembleia gritava de pé. O doutor Salomão tornou a subir na cadeira, ameaçou dissolver a reunião com o destacamento, pediu calma, obteve relativa. E falou:
— O senhor Nicolau sustenta o que disse o major Mourão?
Nicolau disse:
— Sustento até morrer!
O major suspirou aliviado. O doutor Teotónio disse:
— Eu proponho para harmonizar as coisas que o dinheiro seja todo entregue ao benemérito governo provisório para ajudar o resgate da dívida nacional!
Houve uma salva de palmas. Mas não unânime.
— Nunca! berrou Nicolau. Ao menos cinquenta por cento eu exijo pra mim porque foi pra minha mulher que padre Dito apareceu em sonho!
O major falou sincopado:
— Como? Cinquenta por cento? Mas... Ora essa! Cinquenta por cento? Não pode ser! Há aí engano! Não... não é... não está certo!
António Vicente se ergueu com altivez, foi até a porta, virou-se antes de sair e disse:
— Com traidor eu não discuto!
O prefeito Idílio disse:
— Eu proponho que cinquenta por cento sejam para as obras da matriz

mesmo e cinquenta por cento entregues à prefeitura para serviços de utilidade pública!

— Nunca! berrou Nicolau. Cinquenta por cento pra mim! O resto pode ficar pro que quiserem!

Zizi disse:

— Eu proponho que o dinheiro inteirinho...

— Nunca! berrou Nicolau. A metade tem que ser pra mim!

O tenente Messias disse engrossando a voz:

— Eu proponho que se obrigue o Nicolau a dizer já, mas já, imediatamente, nem que seja à força, onde é que está o cobre!

Nicolau quis falar mas não pôde. E os dois irmãos Tarantelli, o tenente Messias Jesus Conrado, o Alcibíades Valentim vulgo Ali-Babá, o Bibi, o Dadau, o Zizi, o doutor Teotónio, os outros, todos, até o doutor Salomão, até o prefeito Idílio, até o major Mourão que já não sabia direito o que fazia, com os punhos erguidos cercaram Nicolau. Aí Nicolau puxou o revólver.

— Cachorros! Ca... chorros!

Foi andando de costas até a porta, saiu correndo. Na rua o Afonso Henriques esperava o pai de baratinha. Nicolau brandindo o revólver entrou no auto. Mandou:

— Toca pro cemitério!

Afonso Henriques começou a chorar.

— Toca senão te mato!

O Ford pulava na rua da Expiação. Afonso Henriques suplicava:

— Vamos... vamos voltar, seu Nicolau! Por favor! O senhor está... está tão nervoso!

Nicolau dizia:

— Toca, seu covarde!

Não esperou o Ford parar. Saltou, tropeçou, quase caiu, entrou no cemitério de revólver na mão. Deu poucos passos, parou. Estava tonto. Olhava de um lado para outro. Pensava: Que é que eu vim fazer, meu Deus?

Com um enxadão Crispim surgiu por detrás da capela. Longe ainda. Nicolau deu com ele, correu para o túmulo do padre Dito, sem largar o revólver começou a desmanchar um canteirinho. Crispim correu também gritando:

— Que é isso, seu Nicolau? Não faça isso!

Nicolau viu Crispim já perto, pulou na frente do túmulo, apontou para o gavetão, atirou.

— Larga esse revólver, seu Nicolau!

Nicolau enfrentou Crispim, disse com voz sumida:

— Me dá essa enxada!

— Eu dou se o senhor largar o revólver!

— Me dá essa enxada! Me dá essa enxada!

— Não se chegue, seu Nicolau!

— Me dá essa enxada! Me dá essa enxada!

Nicolau ia avançando, Crispim recuando.

— Pra quê que o senhor quer?

— Me dá essa enxada!

A voz sumia cada vez mais, o revólver tremia, os olhos se enchiam de lágrimas.

— Eu mato! Me dá essa enxada!

Mal podia suster o revólver, segurou com as duas mãos. Crispim recuou até o túmulo do padre. Com o enxadão erguido.

— No túmulo do padre Dito o senhor não toca, seu Nicolau!

— Eu te mostro!

Mas antes de apertar o gatilho, levou com o enxadão no alto da cabeça, caiu com os miolos de fora.

— Acuda! Acuda! deu de gritar Crispim.

Foi quando no portão do cemitério pararam vários automóveis e seguida dos dois irmãos Tarantelli, do tenente Messias Jesus Conrado, do Alcibíades Valentim vulgo Ali-Babá, do Bibi, do Dadau, do Zizi, do doutor Teotónio, todos, até o prefeito Idílio, até o doutor Salomão, até o major Mourão com o chapéu de Nicolau na mão (O doido esqueceu a cabeça!), dona Esmeralda entrou de carreira. Deu um grito, se jogou sobre o cadáver. Mas não chamava pelo marido não. Dizia só:

— Ah minha mãe, minha mãe!

Revista Nova, São Paulo, n. 1, 1931. p. 237-266.

CRONOLOGIA

1901

25 de maio, nascimento de **António** Castilho **de Alcântara Machado** d'Oliveira, na capital paulista, no seio de família tradicional, cuja genealogia aristocrática radicava-se nos tempos coloniais. Filho de Maria Emília de Castilho Machado e de José de Alcântara Machado d'Oliveira, advogado, político, professor da Faculdade de Direito de São Paulo, autor de *Vida e morte do bandeirante* (1929), membro da Academia Brasileira de Letras em 1931; neto do jurista e professor Brasílio Augusto Machado d'Oliveira.

1919

Após ter cumprido a formação secundária no Ginásio São Bento em São Paulo, ingressa na Faculdade de Direito da mesma cidade; diploma-se em 1923, tendo sido escolhido como orador da turma.

1921

Estreia na imprensa, com artigo em *O Norte*, semanário de Taubaté, focalizando Chabi Pinheiro, ator português, mais tarde referido no conto "O inteligente Cícero" de *Laranja da China*. Divulga, no *Jornal do Comércio* de São Paulo, resenha sugerindo reparos em *Vultos e livros* de Artur Mota; na crítica, deprecia "certos poetas nossos" vinculados ao "que se convencionou chamar 'futurismo'".

1922

Segundo Sérgio Milliet, em texto de 1944, Alcântara Machado "não tomou parte na famosa Semana [de Arte Moderna]", mas "aproveitou seus ensinamentos. Entrou no barulho depois", ao lado dos modernistas.

1923

Colaboração regular de crítica na seção "Teatro e Música", do *Jornal do Comércio* de São Paulo, a qual se estende até 1926.

1924

No oitavo número de *Novíssima* (nov.-dez, SP/RJ), periódico do modernismo de ideário nacionalista conservador, estampa o texto em forma de diálogo "O que eu disse a um comediógrafo nacional", defendendo um teatro de expressão brasileira. Atua, eventualmente, como redator-chefe do *Jornal do Comércio*; assume a direção do periódico, entre outubro e dezembro, com o afastamento de Mário Guastini, no calor da hora do movimento tenentista.

1925

Ganham as páginas do *Jornal do Comércio*, primeiras versões publicadas dos contos "Gaetaninho" (25 jan.), "Carmela" (1º mar.) e "Lisetta" (9 mar.), os dois últimos agregando a informação de que fariam parte de um "possível livro de contos" ítalo-paulistas. Viagem à Europa, entre março e novembro, percorrendo cidades de Portugal, Espanha, França e Itália; a experiência da vilegiatura, sob a forma de artigos na seção "Pathé-Baby" (marca de filmadora), "Panoramas internacionais", seria partilhada em artigos no diário no qual colaborava; expressão sincopada e juízos críticos ácidos marcam a prosa das crônicas. Inicia a troca de cartas com Prudente de Moraes, neto, um dos jovens diretores do periódico modernista *Estética*, publicação que durou três números, de 1924 a 1925.

1926

Tira do prelo, em janeiro, o número inaugural da revista do modernismo paulista *Terra Roxa e Outras Terras*, da qual ocupa o posto de diretor, em companhia de A. C. Couto de Barros; o irreverente periódico, advogando "o espírito moderno, que não sabemos bem o que seja", dura sete números. Em fevereiro, lançamento de *Pathé-Baby*, sob o selo da Editorial Hélios paulistana, congregando crônicas de viagem divulgadas em jornal no ano anterior; a obra traz ilustrações de Paim e a apresentação, "Carta-Oceano", de Oswald de Andrade. Assina artigos sobre literatura e teatro na *Revista do Brasil*, do Rio de Janeiro, em sua segunda fase, que conta com Rodrigo Melo Franco de Andrade no lugar de redator-chefe. Principia, em setembro, no *Jornal do Comércio*, o rodapé "Saxofone", rebatizado em outubro "Cavaquinho" para evitar a coincidência com título de livro de René Bizet, "cheio do mesmo espírito destas crônicas. Ora ninguém gosta de passar por plagiário ou coisa que o valha".

1927

Publica *Brás, Bexiga e Barra Funda*, pela Editorial Hélios. Incentiva o grupo modernista de Cataguases, na zona da mata mineira, contribuindo na divulgação da revista *Verde* e enviando textos seus; "O aventureiro Ulisses" imprime-se nas páginas do segundo número, em outubro, e "O filósofo Platão", do quarto, em dezembro.

1928

Passa a escrever sobre teatro no *Diário Nacional* de São Paulo (órgão do Partido Democrático), fundado em 1927, no qual também subscrevem artigos e crônicas Mário de Andrade, Manuel Bandeira e Luís da Câmara Cascudo. Encontra-se à frente, com Raul Bopp, da "primeira dentição" da *Revista de Antropofagia*, até o número 10, de fevereiro do ano seguinte. Publica *Laranja da China*, livro de contos, pelas Oficinas da Empresa Gráfica Limitada de São Paulo. Estampa, em novembro, o ensaio "O teatro no Brasil" na revista *Movimento*, do Rio de Janeiro. Faz jus ao prêmio da Sociedade Capistrano de Abreu pela monografia histórica *Anchieta na Capitania de São Vicente*, editada no ano seguinte como separata da *Revista do Instituto Histórico e Geográfico Brasileiro* (tomo 105, v. 159).

1929

Colaborador do *Diário de S. Paulo*, divulga "Miss Corisco", "Apólogo brasileiro sem véu de alegoria" e "Guerra Civil"; em *O Jornal* (RJ), assina a coluna semanal "Criaturas". Aos dois periódicos, endereça crônicas de viagem de sua nova estadia na Europa (França, Itália e Alemanha), de outubro a junho do ano seguinte. Publica o folheto *Comemoração de Brasílio Machado*, discurso proferido no ano anterior na Faculdade de Direito.

1930

Em setembro, divulga em *As novidades literárias, artísticas e científicas*, do Rio de Janeiro, o conto "O mistério da rua General de Paiva", lançando mão do insólito; o quinzenário, contando em sua redação com Augusto Frederico Schmidt e Jaime Ovalle, durou seis números, de julho a outubro de 1930.

1931

Dirige, com Paulo Prado e Mário de Andrade, em São Paulo, a *Revista Nova*, cuja publicação estendeu-se até dezembro do ano seguinte. O número inicial do periódico traz a lume o conto "As cinco panelas de ouro".

1932

Em consonância com a veia política familiar, assume a Superintendência da Rádio Record de São Paulo, em defesa da Revolução Constitucionalista, movimento armado que reagiu contra a demora de Getúlio Vargas em fundamentar um regime constitucional e a inépcia dos interventores de São Paulo, depois da chamada Revolução de 30.

1933

Colabora na rede jornalística dos Diários Associados, responsabilizando-se pela Coluna "Reportagem literária". Assina o posfácio "Vida do Padre José de Anchieta" e as "mais de 700 exaustivas e sábias notas" (Afrânio Peixoto) do livro *Cartas, informações, fragmentos históricos e sermões do Padre José de Anchieta, S. J. (1554-1594)*, projeto editorial da Academia Brasileira de Letras, sob o selo da Civilização Brasileira, Rio de Janeiro, 1933. Nas trilhas da política, transfere-se em outubro para a capital fluminense, onde ocupa o lugar de secretário da bancada paulista na Assembleia Nacional Constituinte, reunida sob a legenda Chapa Única por São Paulo.

1934

No *Diário da Noite*, do Rio de Janeiro, subscreve, a partir de agosto, os "Rodapés de crítica literária"; em setembro encontra-se na direção do mesmo jornal; publica artigos de análise conjuntural política. Elege-se deputado federal por São Paulo, em outubro, pelo Partido Constitucionalista.

1935

Com Múcio Leão, Renato Almeida e Agripino Grieco, integra a delegação brasileira convidada pelo jornal argentino *A Crítica*, para visitar Buenos Aires e Montevidéu no início de fevereiro. Falece em 14 de abril no Rio de Janeiro, dias após uma intervenção cirúrgica de apêndice.*

---

* A elaboração da cronologia baseou-se na bibliografia adiante relacionada.

BIBLIOGRAFIA

1. Obras de António de Alcântara Machado

BARBOSA, Francisco de Assis. *Intelectuais na encruzilhada*: correspondência de Alceu Amoroso Lima e António de Alcântara Machado (1927-1933). Rio de Janeiro: Academia Brasileira de Letras, 2002.

LARA, Cecília de (organização, introdução e notas). *Pressão afetiva & aquecimento intelectual*: cartas de António de Alcântara Machado a Prudente de Moraes, neto (1925-1932). São Paulo: Educ/Giordano/Lemos, 1997.

MACHADO, António de Alcântara. Anchieta na Capitania de São Vicente. *Revista do Instituto Histórico e Geográfico Brasileiro*, tomo 105, v. 159, 1929.

_____. *Brás, Bexiga e Barra Funda*: notícias de São Paulo. São Paulo: Editorial Hélios, 1927.

_____. *Brás, Bexiga e Barra Funda*: notícias de São Paulo [1927]. Reprodução fac-similar. Comentários e notas de Cecília de Lara. São Paulo: Imprensa Oficial do Estado de São Paulo/Arquivo do Estado, 1994.

_____. *Cavaquinho e saxofone* (Solos) 1926-1935. Rio de Janeiro: José Olympio, 1940.

_____. *Contos reunidos*: Brás, Bexiga e Barra Funda, Laranja da China e outros contos. Organização de Cecília de Lara e Djalma Cavalcante. São Paulo: Ática, 2003.

_____. *Laranja da China*. São Paulo: Empresa Gráfica, 1928.

_____. *Laranja da China* [1928]. Reprodução fac-similar da edição de 1928, acompanhada em volume separado, por comentários e notas de Cecília de Lara. São Paulo: Imprensa Oficial do Estado de São Paulo/Arquivo do Estado, 1982.

_____. *Mana Maria* (romance inacabado) – *Contos*. Rio de Janeiro: José Olympio, 1936.

_____. *Novelas paulistanas*: *Brás, Bexiga e Barra Funda*; *Laranja da China*; *Mana Maria*; Contos avulsos; Inéditos em livro. Organização de Francisco de Assis Barbosa; Textos novos acrescentados, introdução, apresentação, complementação da cronologia de Cecília de Lara. Belo Horizonte: Itatiaia/Edusp, 1988.

_____. *Obras* – Volume 1: *Prosa preparatória & Cavaquinho e saxofone*. Direção e colaboração de Francisco de Assis Barbosa; texto e organização de Cecília de Lara. Rio de Janeiro: Civilização Brasileira/Instituto Nacional do Livro/Fundação Nacional Pró-Memória, 1983.

_____. *Obras* – Volume 2: *Pathé Baby e Prosa turística*: o viajante europeu e platino. Direção e colaboração de Francisco de Assis Barbosa; texto e organização de Cecília de Lara. Rio de Janeiro: Civilização Brasileira/Instituto Nacional do Livro/Fundação Nacional Pró-Memória, 1983.

_____. *Palcos em foco*: crítica de espetáculos/Ensaios sobre teatro/Tentativas no campo da dramaturgia. Pesquisa, organização e introdução de Cecília de Lara. São Paulo: Edusp, 2009.

_____. *Pathé-Baby*. Prefácio de Oswald de Andrade; ilustrações de Paim. São Paulo: Editorial Hélios, 1926.

_____. Posfácio ("Vida do Padre Joseph de Anchieta") e notas. In: ANCHIETA, José de. *Cartas*: informações, fragmentos históricos e sermões. Belo Horizonte: Itatiaia/Edusp, 1988. Cartas Jesuíticas 3. (Edição fac-similar em fotomontagem. Rio de Janeiro: Civilização Brasileira, 1933.)

2. Fortuna crítica

ANDRADE, Mário de. O túmulo na neblina. *D. O. Leitura*, ano 19, n. 5. São Paulo: Imprensa Oficial do Estado de São Paulo, maio 2001.

ATHAYDE, Tristão de. (Alceu Amoroso Lima). Romancistas ao sul. *Estudos*: 2ª Série. Rio de Janeiro: Terra de Sol, 1928.

BOSI, Alfredo. *História concisa da literatura brasileira*. 3. ed. São Paulo: Cultrix, 1988.

CHALMERS, Vera Maria. Virado à paulista. In: SCHWARZ, Roberto. *Os pobres na literatura brasileira*. São Paulo: Brasiliense, 1983.

GRIECO, Agripino et al. *Em memória de António de Alcântara Machado*. São Paulo: Pocai, 1936.

HOLANDA, Sérgio Buarque de. Poesia e crítica; Cavaquinho e saxofone. In: PRADO, Antonio Arnoni (Org.). *O espírito e a letra*: estudos de crítica literária I: 1920-1947. São Paulo: Companhia das Letras, 1996.

LARA, Cecília de. *De Pirandello a Piolim*: Alcântara Machado e o teatro no modernismo. Rio de Janeiro: Ministério da Cultura, Instituto Nacional de Artes Cênicas, 1987.

LINS, Álvaro. Saga de São Paulo: I – Um representante do modernismo em prosa; II – Vida e linguagem de São Paulo-Capital na ficção e na crônica de António de Alcântara Machado. *Os mortos de sobrecasaca*: obras, autores e problemas da literatura brasileira. Rio de Janeiro: Civilização Brasileira, 1963.

MACHADO, Luís Toledo. *António de Alcântara Machado e o modernismo*. Rio de Janeiro: José Olympio, 1970.

MILLIET, Sérgio. António de Alcântara Machado [prefácio]. In: MACHADO, António de Alcântara. *Brás, Bexiga e Barra Funda e Laranja da China*. São Paulo: Martins, 1944.

MORAES, Marcos Antonio de. Encontro de Amizade: Mário de Andrade e António de Alcântara Machado. *D. O. Leitura*, ano 18, n. 3. São Paulo: Imprensa Oficial do Estado de São Paulo, mar. 2000.

RICUPERO, Rubens. Alcântara Machado: testemunha da imigração. *Estudos Avançados*. Instituto de Estudos Avançados da Universidade de São Paulo. São Paulo, v. 7, n. 18, maio-ago. 1993.

3. Modernismo

ANDRADE, Mário; BANDEIRA, Manuel. *Correspondência*. Organização, introdução e notas de Marcos Antonio de Moraes. São Paulo: Edusp/IEB, 2001.

BELLUZZO, Ana Maria de Moraes. *Voltolino e as raízes do modernismo*. São Paulo: Marco Zero/Secretaria de Estado da Cultura de São Paulo/CNPq, 1992.

LUCA, Tania Regina de. *Leituras, projetos e (re)vistas do Brasil* (1916-1944). São Paulo: Editora da Unesp/Fapesp, 2011.

REVISTA DE ANTROPOFAGIA. 1ª e 2ª dentições (ed. fac-similar). São Paulo: Metal Leve/Abril, 1975.

SCHWARTZ, Jorge. *Vanguardas latino-americanas*: polêmicas, manifestos e textos críticos. São Paulo: Iluminuras/Edusp/Fapesp, 1995.

TERRA ROXA E OUTRAS TERRAS (ed. fac-similar). São Paulo: Martins/Secretaria da Cultura, Ciência e Tecnologia do Estado de São Paulo, 1977.

VERDE – REVISTA MENSAL DE ARTES E CULTURA (ed. fac-similar). São Paulo: Metal Leve, 1978.

4. Obras de referência

GRANDE ENCICLOPÉDIA LAROUSSE CULTURAL. 8 v. São Paulo: Ed. Universo, 1988.

MENEZES, Raimundo de. *Dicionário literário brasileiro*. 2. ed. revista, aumentada e atualizada. Rio de Janeiro: Livros Técnicos e Científicos, 1978.

"Caracterizam-no a frase curta e seca, a imagem precisa e inspirada, baseada na observação direta, chocante muitas vezes, sem introitos nem preparações de espírito. Essa prosa ágil, de nervos tensos, cortantes [...] se afiou nas polêmicas de 1922 a 1930 em torno da Semana de Arte Moderna, de que António não participou, mas que soube compreender e apoiar entusiasticamente. E afiada assim na luta, foi servir mais tarde uma inteligência equilibrada, aberta a todas as ideias, a todos os conceitos, mas capaz de descer até a realidade crua, para retificar as doutrinas, para corrigir os exageros, pesar e medir, e redefinir."

Sérgio Milliet

"Um novo personagem surgiu então na literatura brasileira: o ítalo-brasileiro. António de Alcântara Machado não foi surpreendê-lo na Avenida Paulista, onde se erguiam palacetes de imigrantes italianos endinheirados [...] Não, o escritor desceria aos arrabaldes pobres, aos bairros operários. O que interessava era o filho do imigrante em toda a sua violenta integração social [...]."

Francisco de Assis Barbosa

"[...] o escritor procurou na ficção sobretudo a renovação da linguagem literária, extraindo recursos visuais, auditivos, de movimento, dos meios de comunicação de massa, que começavam a se intensificar. Novas técnicas de composição do jornal, com suas manchetes, as letras chamativas dos cartazes, dos anúncios [...] as letras de música, o vozerio da torcida, conferem colorido e musicalidade às situações em suas narrativas de ficção."

Cecília de Lara

"Os contos do sr. Alcântara Machado são imagens do S. Paulo de hoje, da italianização [...]. Há quadros admiráveis literariamente, como a partida de futebol. E a morte do Gaetaninho é uma pequena obra-prima, não hesito em dizê-lo."

Tristão de Athayde

Impressão e Acabamento
Bartira
Gráfica
(011) 4393-2911